無職轉生 25

到了異世界就拿出真本事

理不尽な孫の手
Rifujin na Magonote
插畫：シロタカ

Kadokawa Fantastic Novels

無職轉生～到了異世界就拿出真本事～㉕

CONTENTS

「只要以七成的力量活著，人生就會一帆風順。」

When challenging to exceed one hundred percent, it can grow.

著：魯迪烏斯・格雷拉特

譯：金恩・RF・馬格特

第二十五章 青年期 決戰篇 下

第一話「察覺異變之人」

第二都市伊雷爾。

這個畢黑利爾王國第二大城鎮的角落有間小酒館。

香杜爾．馮．格蘭道爾正在那裡與一名少年喝酒聊天。

「……猴子臉的魔族從第二都市伊雷爾前往首都畢黑利爾，然後就斷了消息，是嗎？」

「沒錯，因為他的長相非常有特徵，我想肯定不會錯。」

「之後呢？」

「不清楚……啊，可別會錯意喔。後來怎麼樣我是真的不知道。根據我的推測，他肯定是知道被你們追趕，所以才巧妙地銷聲匿跡。」

在香杜爾面前的情報販子是名年輕的少年。

然而，這名少年卻比任何人都清楚這國家的八卦。

他的年紀或許並非外表看起來那麼年輕，再不然就是他並不是情報販子本人，只是一顆棋子。

「話說回來，大叔，我還聽說了另一個有趣的傳聞，不過接下來可要另外收錢嘍？」

少年突如其來說出這句話，香杜爾聽到後，便從懷中取出一枚銀幣放在他的眼前。

少年立刻取走銀幣，迅速收進懷裡。

「關於森林惡魔的事情，你聽說了嗎？」

「森林惡魔？」

「沒錯，就是那座森林的惡魔，聽說是斯佩路德族。因為最近來到這國家的冒險者惹怒了他們，後來好像有一個村子還因此滅村呢。」

「哦，這樣聽來，住在那裡的種族相當不妙啊。」

「據說國家近期就會派出討伐隊。可是，因為森林惡魔會驅使透明的野獸襲擊敵人，不知道會造成多麼嚴重的損失……」

接下來少年所說的內容，是經過一番穿鑿附會的傳聞。

儘管沒有確證，但想必是某人刻意散播。

至於那個人是誰就不用說了，當然是基斯。

「所以，現在正在募集討伐隊，你在找的那個猴子臉魔族說不定也躲在那裡面。」

「原來如此，這段話相當有參考價值，多謝啦。」

香杜爾支付了追加的銅幣給情報販子，然後離開酒館。

時刻已經來到夜晚。

郊區的酒館周遭雖然安靜，但可以聽見某處傳來的喧嘩聲音。

「必須快點把這個情報告訴魯迪烏斯閣下才行……但說不定為時已晚了。」

他喃喃道出的這句話，消失在夜晚的虛空當中。

依照預定，魯迪烏斯應該會在今天帶兩名士兵回到此處。

接著在第二都市伊雷爾與香杜爾會合，直接前往首都畢黑利爾進行交涉。

然而儘管太陽西下，魯迪烏斯依舊沒有回來。

如果只是這樣，香杜爾想必也不會放在心上。

因為是魯迪烏斯，他很有可能過度向兩名士兵宣傳斯佩路德族的好話，所以才會遲到。

「總之，先告知龍神閣下這件事吧。」

香杜爾認為起碼要先共享目前的情報，便回到了自己房間。

在他的房間設有通訊石板。這樣一來只要與其他人取得聯絡，或許就能得知目前的傳聞傳開的原因，以及魯迪烏斯晚回來的理由。

（哎呀，與其說時代變得很方便，應該說是靠龍神的力量吧。）

他一邊這樣心想，同時望向設置在某處的通訊石板。

「哎呀？」

前幾天魯迪烏斯使用時，應該總是發著藍色的光。

然而，現在看起來就像是平凡無奇的石塊。

「……難道壞了不成？」

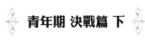

香杜爾不以為意地敲打通訊石板，結果一敲就整個崩壞了。

「糟糕……！」

當他反射性地覺得是自己弄壞了的時候，又想到自己回來的時候石板已經失去亮光，所以他認為是原本就已經快壞了。

「不過，這下傷腦筋了……」

香杜爾對於使用魔道具很有自信。在至今為止的人生當中，他用過的魔道具可謂不計其數，對此很是驕傲。但與此同時，被他弄壞的的魔道具也是多如牛毛。

而且，香杜爾沒有自信能修好魔道具。

「唔——」

既然沒辦法修好，當然也無法確認情報。

香杜爾煩惱了幾秒鐘。

「先回去一趟吧。」

他如此拿定主意。

姑且不論別人，他了解自己在這種時候因為一己之見到處亂晃，肯定不會有什麼好事。

於是他走到設置轉移魔法陣的場所。

殊不知——

「……」

原本設置在城內一戶房屋地下的轉移魔法陣，已經失去了光芒。
眼前的景象，令香杜爾提高了警戒等級。
聯絡用的魔道具損壞、移動用的魔法陣無法使用。
身經百戰的香杜爾，領悟到自己中了陷阱。
而且，目前的位置正好就是所謂的死胡同。在這個狹窄的地下室無路可逃。
可說是非常適合襲擊的地點。
照以往的經驗推斷，上層遭到爆破直接遭到活埋的可能性很高……不，若真是這樣，應該會在更早的時機爆炸才是。
這表示對方想親手解決自己。
「你也該現身了如何？」
香杜爾對著地下室的入口搭話。
此處封閉陰暗，想必敵人的作戰是在出口守株待兔，等香杜爾倉皇地逃出這裡再一刀殺了他吧。
香杜爾很習慣這類型的襲擊。
「我知道你在那裡。」
所以，他才會像這樣耍帥，將自己的武器棍子抵向出口。
儘管出口絲毫感覺不到氣息，但既然是來收拾自己的敵人，他認為有這種水準也是理所當然。

「……」

沒有反應。

明明已經被識破了，真是愚蠢的傢伙。

「哼。」

香杜爾哼笑一聲，彷彿像散步那樣以輕快的步伐往前走。

然而，他走路的方式實在毫無破綻，懂的人一看想必都會不寒而慄。

就這樣，香杜爾走出了地下室。為了以防隨時有人突擊，他環視周圍，試圖看清敵人發動襲擊的那一瞬間。

然後，就這樣走出住屋。

外面已經有一群戰士在嚴陣以待……當然並沒有發生這種狀況，空無一人。

看到香杜爾舉著棍子走出來，路上的行人紛紛投以疑惑的視線。

香杜爾就這樣開始走在路上。

雙手依舊架著棍子，看到如此可疑的舉動，鎮上的人們也議論著到底發生何事，但香杜爾並不以為意。

走著走著，他已經從鎮上的出口走到鎮外。

守衛大門的衛兵看到他異於常人的舉動，甚至不敢向他搭話。

話。

假如香杜爾是從鎮外過來，衛兵也許會忠於職務試圖攔住他，但不會對離開城鎮的人搭話。

於是，香杜爾順利地走到城鎮外頭。

他走到這裡依然沒有解除架式。

一直走到看不見鎮上城牆，抵達了視野良好、一望無際的平原之後，香杜爾才總算解開了架式。

他立刻往前狂奔。

目的地是斯佩路德族的村落。

狀況明顯有異。照香杜爾的推測，他認為既然自己沒有因為這場異變遭到襲擊，肯定是其他人出了什麼事。

「……我覺得應該有人啊。」

只是他想起自己在地下室說的話，稍稍有些臉紅。

★★★

香杜爾回到了斯佩路德族的森林。

路上沒有繞去其他城鎮或是村落。儘管在設置轉移魔法陣的場所沒有遭到襲擊，但他也提防是否會在其他場所遭到埋伏。
不知道是因為這樣的舉動奏效，亦或是打從一開始就沒有任何敵人埋伏，香杜爾一帆風順地抵達了目的地。
他穿過森林，來到鄰近山谷的地方。
正當香杜爾打算走過令人提心吊膽的深谷時，他突然感到不太對勁。
「橋不見了……？」
原本由魯迪烏斯所造的石橋，到中間就崩塌了。
儘管石橋看起來相當堅固，但終究是以魔術製成的現成石橋。香杜爾雖然不是很了解魔術，大概也能理解這種現成的橋容易損壞。
所以，他對於橋垮掉一事並不覺得有那麼奇怪。
他在意的，是與壞掉的橋排在一起的那座原本就存在的橋。橋的旁邊掉著某樣東西。是劍鞘。
若是記憶正確，這應該是畢黑利爾王國的正規軍所持有的。
「……為什麼會在這種地方？」
香杜爾此時再次提高警戒。
他明白會感覺到不對勁，基本上都不會是錯覺。不過，有時雖然也會因為考慮太多而誤判，但基本上他明白這個道理。

他確認橋的四周沒有任何人的同時，緩緩地開始渡橋。

走過橋的途中，他突然發現了熟悉的某樣東西。

稀稀落落的黑色汙漬，這是血跡。儘管不清楚是誰的，但從色調來看，他認為是人族的可能性很高。

看樣子，這些血跡是從壞掉的石橋那邊飛來的。

橋垮了，劍鞘掉在原本就存在的橋旁邊。整理這幾個線索來看——

「這表示，魯迪烏斯閣下與士兵們在渡橋時遇上了襲擊嗎？」

如此推測之後，香杜爾開始奔跑。

他立刻過橋，抵達了對岸。

他之所以這麼做，是擔心在橋中央遭到夾擊，然而即使來到了橋的另一端，依然沒有遭到襲擊。

香杜爾在橋邊舉棍警戒著四周過了幾秒，明白沒有異狀之後，再次開始奔跑。

在這裡肯定發生過什麼事，但自己的情報不足。

他這樣心想，急忙衝向斯佩路德族的村落。

抵達斯佩路德族的香杜爾首先進行了偵查。

他從遠方看著斯佩路德族的村落，確認村裡是否遭到某人占領。

……就在他這麼做時，從村子出來的斯佩路德族戰士發現了他，由於確認了村子內部的安全，他也回到村裡。

「瑞傑路德閣下！」

就這樣，香杜爾去找的是雖然才剛大病初癒，卻是他最為信賴的戰士。

「怎麼了？」

瑞傑路德正與魯迪烏斯的妹妹諾倫一起用餐，但一看到香杜爾衝進來，他便立刻起身並如此詢問。

只有身經百戰的英雄才能這麼快切換心態，香杜爾對此感深肺腑，同時這樣詢問：

「魯迪烏斯閣下呢？」

「他為了送士兵們回去，前幾天離開了村莊。」

此時，香杜爾突然有了頭緒。

「他很有可能在第二都市、地龍之谷的村落，或者是在橋上遭到某人襲擊，現在下落不明！請立刻派出搜索隊！」

「了解！」

瑞傑路德單手拿起長槍，從家中飛奔而出。

「咦……咦……？」

看到諾倫的聲音充滿驚訝，因為無法理解狀況而感到不知所措，香杜爾對她投以溫柔的微笑並這樣說道：

「請放心，諾倫閣下。妳的兄長是龍神的左右手。我不認為他會那麼簡單就被打倒。他雖然遇到襲擊，但肯定活了下來，現在正藏身在某處。我一定會把他救出來的！」

「咦？啊，好的。」

向困惑的諾倫這樣說完之後，香杜爾走向村子的大廳。

然後，他發現瑞傑路德的辦事效率很快，已經聚集了五名戰士。

「可以出發了。」

「那我們走吧。」

戰士們也與諾倫相同，滿臉困惑。

然而，他們卻沒有發任何牢騷，便追隨香杜爾行動，真不愧是戰士。

眾人在森林中奔馳。

儘管在路上撞見了幾隻透明狼（Invisible Wolf），但斯佩路德族的戰士絲毫沒有陷入苦戰，就像是撥開路上的小樹枝那般擊退敵人順利前進。

就這樣，他們轉眼就抵達了山谷。

眼前是魯迪烏斯製造的平凡石橋。

看到那個的時候，瑞傑路德皺起眉頭。

「有打鬥過的痕跡，而且橋也垮了。」

立刻對眼前的狀況一目了然，真不愧是身經百戰的英雄，正當香杜爾對此感到佩服之際，瑞傑路德猛然瞪大雙眼，衝向橋的中央。

在那裡的是小小的血跡。與香杜爾在路上看到的是相同東西。

「這是魯迪烏斯流的血。」

「這麼說，他果然是在這裡遭到襲擊嗎？」

瑞傑路德沒有回答這個問題，而是從橋上繼續往前，朝連接到地龍谷之村的另一端走去。然後他走到接近橋的尾端，膝蓋跪地蹲下之後，目不轉睛地凝視地面。

「沒有魯迪烏斯的腳印。」

香杜爾聽到這句話，自然地望向山谷的方向。

在渡橋途中遭到襲擊，可是橋的尾端卻只有除了魯迪烏斯之外的兩個腳印。

這就表示……

「他要不是被殺，就是墜落山谷嗎？」

「……」

瑞傑路德的表情嚴肅，可以看出這個可能性很高。

「……」

即使他大難不死，底下也是滿山遍谷的地龍（Earth Dragon）。哪怕魯迪烏斯是強大的魔術師，要一個人爬上這裡也是近乎天方夜譚。

該怎麼辦？正當香杜爾左思右想之際，瑞傑路德突然走到崖邊蹲下，然後開始從那裡往下移動。

「你打算做什麼？」

「這還用說。」

「……我了解你的心情，可是依我們現在的成員，就算下得了山谷也爬不上來。」

底下是地龍的巢穴，即使是身經百戰的英雄，下到谷底也不可能倖免於難，只會造成無謂的犧牲。

「不然現在該怎麼做！」

「……」

聽到瑞傑路德的怒吼，香杜爾開始沉思。這個狀況確實令人煩惱。

不過，還不能肯定魯迪烏斯掉進了這個山谷。

儘管可能性微乎其微，但他也有可能是被那兩人抬往地龍谷之村。

「……啊。」

此時，香杜爾突然想起一件事。

他為了以防這種事情發生，事先已早有準備。

「來到這座橋之前，總共有幾個腳印？」

聽到這句話後，瑞傑路德的視線飽含怒氣，質疑他「為何要這麼問？」，但也給出了回答。

「有四個。」

聽到這句話，香杜爾環繞四周。

絲毫沒變化的森林。

樹木並沒有倒下，大地也沒有被挖開，是恬靜的森林景色。

確認這點之後，香杜爾開始奔跑。他所前往的地方是橋的另一側，位於村落那邊的出口。

香杜爾站在那邊注視地面，發現了一道腳印。

這個腳印比一般男性更大，是充滿特徵的腳印，但絕對是人族所留下。

發現這個的時候，香杜爾轉頭望向瑞傑路德。

「我再確認一次，剛才只有魯迪烏斯閣下的血跡吧？」

「嗯。」

「那我想應該不要緊。」

香杜爾做出了這個結論。

「什麼？」

「總之先別管魯迪烏斯閣下吧。畢竟敵人恐怕之後就會出現。」

香杜爾說出這句話的瞬間，瑞傑路德就狠狠地揪住了他的衣領。

「你打算對魯迪烏斯見死不救嗎？」

「不。」

香杜爾以平淡口氣回答。

「我保證，魯迪烏斯閣下一定會回來的。」

他這句充滿確信的話莫名地具有說服力，瑞傑路德雖然依舊感到困惑，但還是緩緩地將手鬆開。

第二話「地龍之谷深處」

當我清醒之後，發現自己位在白色的空間。

我的身體變回前世的模樣，當我察覺到這點的同時，便有股無力感襲來。好久沒有這種感覺了。而且除了這種感覺之外，也有股挫敗感湧上心頭。

因為我輸了。

被名為瑞傑路德的餌釣到，在打倒畢塔之後開始疏忽大意，以為與畢黑利爾王國建立了溝通的橋梁，實際上卻反被基斯掌握到我的所在處，叫來前劍神以及北神兩人。歸根究柢，是我自己引狼入室。

到最後，我還在孤身一人的狀態下遭到前後夾擊，淪落到這種下場。

光是回想起來也令人嘆氣。
「……」
基斯實在觀察入微呢。
一旦手臂從根部被砍斷就用不了魔術，這點連我也不曉得。
場所選得也很高竿。
確實，若是在橋上我就無法召喚一式。想必他事先就決定好要選擇那類地形再開始戰鬥。
現在洛琪希雖然幫我完成了不用攤開魔法陣也能設法應對的系統，但基斯並不知道這件事……
既然是那兩個人聯手對付我，只用二式改的話肯定沒有勝算。
不過，似乎連他們兩人也沒想到橋甚至無法支撐二式改踏步的重量。
但是從這個角度來想，我反而可以逃到下面呢……
「……」
結果，基斯到底在哪啊？
難不成他化身成畢黑利爾王國的國王嗎？
雖然聲音不一樣……但如果是基斯，想必要模仿聲音也是輕而易舉。
況且他只要有人神的協助，方法要多少有多少。
「……」
等等，說到可疑，香杜爾也很可疑。儘管他不論聲音、長相還是體格，都與基斯有著天壤之別。但只要有魔道具或是魔力附加品，要改變樣貌也不無可能。
他搞不好打從一開始就潛入了阿斯拉王國，囚禁了黃金騎士團團長之類。畢竟香杜爾很擅長蒐集情報，這個可能性很高。
「……」
話說回來，最近這種狀況還真多啊。
利用夢境展開精神攻擊。冥王畢塔也是使用這招。
啊，你該不會也是類似史萊姆的模樣吧？
那個像是馬賽克的外觀其實並不是為了隱藏真面目，而是一開始就長那樣？
「……」
聽到了嗎？喂～
你也差不多該說點什麼了吧。
一個人自言自語很蠢耶。既然是我輸了，那你大可笑著揭開謎底啊。
那不就是你的作用嗎？你應該要輕拍我的肩膀然後說「辛苦啦，雖然你很努力，但贏的人還是我，真可惜呀，唔呵呵」之類的吧？
好啦快點來啊。讓我在最後狠狠揍你一頓。
「…………去死啦。」
我不是已經死了嗎？

是說，你是怎麼啦，人神小弟？

怎麼感覺你今天的馬賽克不是很清晰耶。有什麼傷心事嗎？

「每當你展開行動，我的未來就會產生變化。」

當然啦，畢竟我就是為此才行動的。

「我隨時都能看見自己的未來。可以看見還很遙遠的自己的未來。」

嗯，我知道。

是叫未來視吧？我記得能看到三個人……嗯？第三個人是指能看到自己的未來嗎？

「三個人？其實我能看到的更多。不過，我必須要一直盯著自己的未來。所以才會是三個人。」

……表示你為了看到自己的未來，消耗了大部分的力量嗎？

「我的未來是一片黑暗。從某個瞬間開始，就變得黯淡無光。」

表示你的未來不見天日，是嗎？

「一開始只有奧爾斯帝德。不過，奧爾斯帝德是個雜碎，不是我的對手。我絕不可能輸給那種頭腦簡單的笨蛋。」

居然說他是笨蛋……

也對，奧爾斯帝德確實有些糊塗的地方。像前陣子他也隱瞞了斯佩路德族的情報……雖然我也沒辦法說別人就是。

「可是從某個瞬間開始，奧爾斯帝德的身旁就站著一名男人，是我不認識的男人。完全不同。他恐怕不是這個世界的人類。當時，也只是稍微暗了一點。」

啊——

那傢伙該不會是七星的男朋友吧？

名字叫……我忘了。

「可是，立刻又增加了其他傢伙。是女孩子。從那之後我的未來就變得一片黑暗，悄然無聲。」

「每當你展開行動，奧爾斯帝德的身邊就會增加伙伴。」

「每次都會使我的未來變暗。」

「現在，已經是一片漆黑。」

那麼，表示我所做的事情並非徒勞無功嘍？

「不，全都是白費的。我會讓你做白工。」

真可恨啊。

可是，既然我已經死了，現在也無計可施了。

「只要你死，就還來得及。說穿了也不過是一個人創造的未來。只要殺死擁有強大命運的人，就能顛覆這個結果。一直以來，我都是這樣做的。」

不然，我乾脆求饒如何……？

我向你磕頭下跪，請你至少饒過我家人的性命，如何？
不過，既然事情變成這樣，我想應該也沒辦法了吧。
「去死。」
「去死，去死。」
一直叫別人去死，你是小學生嗎？
「去死吧，魯迪烏斯。」
聽人說話啊。

★★★

我清醒了。
睡醒的感覺實在差到不行。
像這樣一直被人當面叫我去死去死什麼的，這種感覺果然令人討厭。
可是，雖然會說「去死」什麼的，卻不會說「我要殺了你」，從這點來看，也算是有人神喜歡坐享其成的風格啦。
始終都不會自己動手，只是站在高處下達指示。真是令人討厭的傢伙。
不過話又說回來……

「我還活著？」

我以為自己肯定死了。

魔導鎧「二式改」雖然擁有驚人的強度，但我畢竟是肉身，而且失去意識。

再加上那個高度。我實在不認為自己的身體有辦法承受墜落的衝擊。

不過，既然我像這樣清醒，表示應該是挺過去了吧。

難道有什麼東西形成緩衝嗎？

附近看起來並沒有樹木之類的啊……

不管怎麼樣，幸好我被生得很健壯。保羅先生、塞妮絲小姐，謝謝你們。

「……嗯。」

我挺起身子。

周圍很昏暗，應該是洞窟吧。

突然，我感覺到不太對勁。剛才起身的時候，我是用什麼撐住身體？

我在腹肌出力，頂著手肘……

「咦？我的手還在？」

應該遭到加爾．法利昂砍下的兩條手臂，不知為何都接在身上。

我應該沒有自我修復功能啊……我一邊這樣心想，一邊目不轉睛地盯著手。

「喔啊！這是什麼……」

我的手黑成一片。

手臂黑得像是黑曜石一樣。而且彷彿神經也連在一起那般，可以自由動作。

我將視線移動到上臂一看，發現黑色手臂猶如植物那般扎根在肩膀那帶。

有點噁心。

是說，看樣子魔導鎧二式也被脫下來了。

身上也沒有腳部零件。下半身只穿著一條內褲。

要補充說明的話，全身都包著繃帶。

側腹那帶滲著血，想必是緊急處理吧。表示我是被不會使用治癒魔術的人救了一命嗎？既然這樣，這條手臂也是託那傢伙的福……是嗎？

「……啊。」

環視周圍後，發現我的衣服被摺好放在地上。

而且仔細一看，居然有隻手臂放在上面。

不是斬首示眾而是斬手示眾。啊，這隻手是我的。上面還套著龍神的手環。

「好痛……」

我慌張地打算移動過去，才發現全身疼痛。

我立刻詠唱治癒魔術治癒了傷口。接著將手環從手上取下，套在黑色的手上。

這樣……應該有效吧？

「這裡是哪裡？」

我一邊自言自語，一邊挺起身子。

同時從手掌發出火焰，照亮周圍。

寬五公尺的正方形空間，牆壁是泥土。從這裡有天花板這點來看，果然是洞窟嗎？

我望向洞窟的最深處，那裡鋪著類似布的東西，救我的人讓我躺在那上面。

這塊布是……斗篷嗎？

「……」

總之我為了確認位置，走向洞窟的出口。

雖然洞窟彎曲，但立刻看見了亮光，是出口。

然而，某個人正站在出口前面。

巨大的背影。與體格相符的巨型鎧甲。

他一發現我靠近便緩緩回頭，抬起頭盔的面甲。

接著，從面具底下出現了我熟悉的臉孔。

「杜加……」

「……哦。」

「是你救了我嗎？」

「……我看到你摔落橋下，立刻，跳了過去。魯迪烏斯，昏倒了。我想把你搬來這裡，可是，鎧甲很重，我就脫掉了。帶來這裡後，我才幫你治療。」
看來是他救了我。居然不惜跳進這種谷底……
嗚嗚，對不起啊杜加。我居然說你很沒存在感還是派不上用場什麼的。
「這樣啊，謝謝你。你是我的救命恩人。抱歉，我居然一個人行動，太大意了。」
「……哦。因為，這是香杜爾的命令。」
杜加這樣說完，緩緩露出笑容。
雖說是上司的吩咐，但他還是願意一直保護我。
真是個好傢伙。會想著要保護兩個士兵的我實在太蠢了。
我舉起黑色手臂示意之後，杜加搖了搖頭。
「找到的時候，魯迪烏斯的手，變得，像蘚一樣，我打開一看，發現蘚，變成手臂。」
「這隻手，也是你的傑作嗎？」
……？
變成蘚，而蘚變成手？先假設手是蘚好了，那麼蘚是什麼？
我有帶著會連上這隻手的東西嗎？
我這樣心想，望向手臂一看，杜加就擺出了一臉歉疚的表情。
「原本的手臂，有一隻，找到了。可是另外一隻，我找過了，沒有看到。說不定被吃了。
對不起。」

「啊，沒事沒事，不用在意。」

因為用治癒魔術就能再長出來……可是也要這隻黑色手臂拆得下來才行。

「這裡是哪裡？」

「在谷底，最深的地方。」

「這樣啊……大約過了多久？」

「不曉得。這裡，不會看到太陽升起。我想，應該過了兩天或三天以上。」

杜加這樣說完，稍微移開了身體。

然後，一道光射進了我的眼睛。

眼前隱約泛出藍色光芒。

洞窟外面，發光的苔蘚以及發光的蘑菇類的植物長得密密麻麻。是那些照亮了四周。

然而，映入眼簾的不僅這些。

洞窟外面有彷彿塞住洞窟入口似的三具屍骸。

那是擁有甲殼，好似恐龍一般的生物。

是地龍。不知為何有三隻化為屍骸倒在洞窟外面。

「……這是你做的嗎？」

「哦。我，保護了，魯迪烏斯。」

仔細一看，杜加的斧頭沾滿鮮血。

那是地龍的血嗎？

不過話說回來，他居然獨力打倒了地龍啊。真厲害。我或許有點太小看杜加了。是說，不知道是北神卡爾曼還是加爾·法利昂好像有這樣說過。

「聽說你是北帝對嗎？」

「嗯。師傅說，我還不成氣候。可是，我擅長打倒魔物。」

是哪個傢伙說杜加派不上用場的啊？愛麗兒這不是送了相當管用的戰力過來嗎？對不起，是我說的。老實說，我太小看他了！

「是嗎……你真厲害呢。」

「哦。」

被誇獎之後，他又開心地露出笑容。

不過，既然杜加是北帝……

「那香杜爾呢？」

「…………我，不能說。」

「這樣啊。」

不過，老實說我有頭緒。回去後再逼問他吧。

「好啦，我們得逃出這裡才行。」

總之，現在必須先回去村落。

前劍神……不，加爾．法利昂雖然已經不是劍神，但實力依舊不容小覷。今後也稱呼他為劍神吧。況且北神也有二世還是三世之類的，就算稱他為劍神也沒什麼影響。

劍神與北神。敵人實力強大，而且還隱瞞真實身分。說不定，還沒有任何人發現我被幹掉了。

而既然他們是敵人，討伐隊肯定會來。那群意圖毀滅斯佩路德族的傢伙會侵入這裡。

儘管討伐隊來一百個還是兩百個都有辦法應付，但要是敵軍陣容裡有那兩個人，事情就另當別論了。

必須阻止他們才行。

「……總之，先帶我去我掉下來的地方吧，我想回收鎧甲。況且或許還有能用的捲軸。」

「哦。」

杜加點頭後邁出步伐。我跟著那可靠的背影往前走去。

★　★　★

我們比想像中更快抵達魔導鎧所在的位置。

途中打倒了兩隻地龍。都是由杜加一擊打倒。

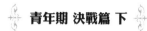

一擊必殺。

他只是站在原地等著地龍衝過來，奮力揮舞巨大的斧頭，就轟爆了地龍的頭。實在很可靠。

想到他與透明狼的戰鬥，可以看出他不太能應付出其不意的攻擊，但如果純粹比力量就不會輸。

嗯，總之杜加是沒問題……

「唔……」

魔導鎧整個裂了。尤其背後的捲軸推進器簡直是慘不忍睹。所有捲軸都裂成兩半。而且，或許是因為我的血噴進推進器，裡面糊成一團。這樣根本沒辦法用。

看來與劍神級別的人交手，就連魔導鎧也算不上像樣的防具。

可是，他用的劍反而很脆弱。劍整個卡在鎧甲裡面，到途中就裂成兩半。

看起來只是普通的劍。

據說加爾．法利昂擁有許多魔劍那類的武器，或許是為了掩人耳目才沒帶在身上吧。

萬一這是那傢伙的愛劍，肯定不會斷在鎧甲，而是連我都會被一刀兩斷。

一想到就教人不寒而慄。

不過基本上，若他真的帶著那種武器，肯定會被奧爾斯帝德或是克里夫識破……

「這個已經沒辦法用了呢。」

看來只能把洛琪希為我製作的捲軸推進器扔在這了。

洛琪希難得為我做了這個……至少等事情塵埃落定之後再來回收吧。

可是，鎧甲本體還能運作。

儘管狀態稱不上完美，但手部零件還剩下一個，腳部零件則是沒有損傷。

不過話又說回來，無法使用召喚捲軸確實是很大的打擊。

要與那兩個人戰鬥，沒有魔導鎧一式根本撐不了多久。

等等一回到斯佩路德村，必須立刻回事務所一趟，拿備用的過來才行。

希望有時間這麼做。

「…………嗯？」

我從魔導鎧取下捲軸推進器後，發現有份捲軸與插在裡面的劍尖同時掉落。

不對，這不是捲軸。

是箱子。因為在推進器裡面有個恰到好處的空間，於是我事先放進去的箱子。

大小約莫是國語字典。箱子上刻著不祥的惡魔紋樣，彷彿一打開就會受到詛咒。

「這是阿托菲給我的箱子……」

她說要是被逼到絕境時就打開的箱子。

劍似乎是卡進箱子裡面才會斷掉。箱子上面有道不是很完整的切痕。

「……」

我戰戰兢兢地打開箱子看了裡面。

裡面沒有東西，空無一物。

不對，蓋子背面寫著一些字。

「這個黑色肉塊是不死魔王阿托菲拉托菲的分體。只要在陷入絕境時打開，自然會守護持有者。務必謹慎運用。」

黑色肉塊……我一邊這樣心想，同時看了看手臂。

……難道說，這隻手就是上面寫的那個嗎？

我不記得有打開過，但可能是加爾．法利昂的攻擊使得箱子龜裂，此時裡面的分體察覺我的危機，在我墜落時保護我，並寄生在手臂幫我止血……

是這樣嗎？若真是這樣，我得向她道謝才行。

「阿托菲大人……感謝妳！」

沒有人回答我。

但我是這樣認定，並打從心底感謝那個暴力的魔王。

我朝向東邊叩頭行禮。儘管她現在想必還在移動，但要是見上一面，就獻上美酒給她吧。

那個名字很像中二病發作的酒是叫什麼來著？

「好啦，我們回去吧。」

戰鬥逼近。我必須快點回去。

★
★
★

雖然我耍帥了一下，但沒辦法爬上懸崖。
使用土魔術爬到一定程度之後，就不再有蘑菇及苔蘚生長，四周變得一片漆黑。
在這種伸手不見五指的環境當中襲擊我們的，就是群聚的地龍。
地龍從左從右，接二連三對我們發動襲擊。
面對壓倒性的龍海戰術，我們也不得不選擇撤退。
因為以土魔術製造的立足點不夠穩定，再加上有十隻以上的地龍會在黑暗中猶如壁虎一般飛撲過來。
假如只是這樣還能設法應付，但地龍也理所當然地會使用魔術攻擊。
除了上下左右之外，連牆上也會射出無數土槍（Earth Lancer），自然很難殺出重圍。
該說不愧是龍嗎？
「呼……」
後來我們接連嘗試了各種手段。
也試過像彈射器那樣一口氣飛到上面，或者是用土魔術隱藏我們的行蹤之後再往上爬。
但無論用什麼手段，地龍都會來攪局。

地龍的動作意外敏捷，實在很難纏。
用彈射器那樣射出會在中途遭到迎擊，就算躲起來移動，到頭來還是會遭到襲擊。
順帶一提，一旦被地龍鎖定，牠就會追著我們直到天涯海角。
不過，只要我們回到長著蘑菇與苔蘚的地方之後，大部分都會放棄追擊。
看樣子牠們似乎不太喜歡這一帶。
是因為牠們討厭蘑菇，或者是認為這一帶並不是牠們的領地呢？
但即使是這樣也有幾隻繼續追擊，所以也不是絕對沒辦法過來。
「該怎麼辦……是說杜加，真虧你能順利下來這裡。」
「……哦。下來的時候，沒什麼遭到襲擊。」
「是這樣啊……不對，說得也是。」
地龍對於從上方來的敵人很遲鈍，可是對來自下方的敵人卻很敏感。
我曾經學過這樣的知識。可是，今天還是第一次親眼目睹。
牠們的反應實在誇張，簡直就像目擊到敵人的公雞。
乾脆用廣範圍的魔術轟飛牠們算了。
不對，假如真的轟飛，我們也會遭到瓦礫活埋。
山谷既廣又深。地龍可以自由自在地使用土魔術。就算消滅了幾十隻也沒什麼意義。
之後還得和卡爾曼及加爾．法利昂戰鬥，我不想無謂地消耗大量魔力。

話雖如此，要是再繼續磨蹭下去，他們的魔爪或許就會伸向斯佩路德族的村落。

甚至有可能不是對付斯佩路德族，而是把目標放在其他地方。

至少札諾巴的所在處已經曝光了。

說不定他已經被幹掉了。

實在令人著急……可是，我得冷靜下來。就算著急，事態也不會好轉。

可是到底該怎麼辦才好？用千里眼看了上面，也只會看到地龍依然在警戒著還在下面的我們。

「我們去找看看有沒有哪裡是地龍比較少的地方吧。」

「……哦。」

於是我們開始走路探索。

多虧有苔蘚與蘑菇，腳邊並不暗。

襲擊我們的不只地龍，還有與人相同大小的天牛及蜈蚣那類的蟲子。

看樣子，地龍似乎是靠著吃這些蟲子維生。

剛才眼前也有一隻地龍啣著蟲子往上爬。

雖然我是這麼想，不過也有看到疑似在上面死掉後摔下來的地龍旁邊聚集了一堆蟲子。

食物在下面，鮮少會有東西從上面下來。

這樣想的話，也可以理解地龍為何只警戒下面。

看來唯獨這個場所產生了奇妙的食物鏈。

「……」

可是，我走著走著突然想到。

「這條路很好走呢。」

谷底的道路比想像中還要平坦。

有些地方會有巨大蘑菇或是疑似落石的石頭擋在前面。

可是整體來說路面平坦，確實很好走。這種好走的感覺，我記得好像在某處也曾有過。

「……哦，赤龍下顎，就是這種感覺。」

「啊啊！」

是我與奧爾斯帝德充滿溫「心」回憶的那個討厭的地方！

話說起來，確實是這種感覺。

赤龍上顎、下顎以及聖劍大道。雖然因為蘑菇和落石有點難以聯想，但走在那一帶的時候也是這種感覺。

「那麼，表示這是某個人開的路嗎……？」

可是，那些地方並沒有魔物。換句話說，是有人開闢了這條路之後，才把地龍叫來這塊土地……

不對，先等一下。

我記得把龍叫來中央大陸的，好像是拉普拉斯來著？

也就是說，這條路也是拉普拉斯開的？

他的目的是什麼？

「……」

我怎麼可能知道。

與其想那種事，還是快找地方爬上去吧。

難道就沒有那種地形上地龍沒辦法築巢的場所嗎？

我從剛才就以千里眼看著上方，上面開了一堆洞，實在很擔心山谷岩壁會不會崩塌。

這種景象，就好比整條街都被高樓大廈蓋得水洩不通。

即使那些洞裡並非全都有地龍棲息，但地龍的數量肯定不少。

要不是一千就是兩千。

而在那當中地位特別低下的個體就會移動到下面找食物。儘管我不認為地底會有足以供應那麼大量的地龍食用的食物，可是這個世界的食物數量與魔物的數量不符已經是司空見慣。

……如果巧妙地利用這點再往上爬呢？

不對，是要怎麼利用啊？

想不到一旦摔下來，居然這麼難爬上去。

地龍之谷。雖然有人提醒過別摔下去，但看來我是太小看這裡了……

「魯迪烏斯。」

「嗯？有敵人嗎？」

我以為又出現了新的蟲，準備迎擊之後，杜加指向了旁邊。

那個方向只有牆壁。

不對，我錯了。雖然在蘑菇後面很難看清楚，但那裡有個洞。

洞本身雖然只是在底部稍微打開了一點，但那個洞和其他的有些許不同。

是樓梯。

那裡還連著樓梯。不是往上，而是往下的樓梯。

「……」

難道還要叫我們繼續往下嗎？

這樣的想法瞬間閃過了腦海。

「哦？」

然而在下一瞬間，我的手擅自動了起來。

右手指著那個洞。簡直就像是要我進去這裡。

「阿托菲大人，難道這邊有出口嗎……？」

阿托菲的分體沒有回答。

可是，沒有穿上護甲的那隻手依舊指著該處。

「……也對。」

就算繼續走下去，似乎也沒辦法找到能攀爬的地方。

況且這座山谷也不是無限延伸。要是一直往前走，也只會走到死胡同。從那邊折回來繼續往反方向找也得費一番工夫。

那麼，把路上在意的地方全都調查過一遍也沒什麼不好。

「我們下去看看吧。」

「哦。」

杜加毫不猶豫地點頭。他看到這個樓梯，或許也察覺到了什麼。

於是，我們開始走下陰暗的樓梯。

★　★　★

走下樓梯之後，出現在眼前的是巨大的祭壇。

巨大的祭壇……除此之外該怎麼形容才好呢？

那裡是被蘑菇與苔蘚完全覆蓋的巨大空洞。旁邊豎立著經過雕刻裝飾的兩根柱子，就像是在支撐著那個地方。中間有像是把石頭加工製成的臺座，而臺座後面也擺著刻有細緻雕刻的壁畫。

壁畫上所畫的，應該是龍吧。

雖然上面亂七八糟地畫了一堆圖樣，但這裡很暗看不清楚。

可是，我總覺得這個東西好像似曾相識。

是在哪看過……啊。

「這裡該不會是……龍族的遺跡？」

沒錯，是轉移遺跡。與那裡的感覺非常相像。

說得更精準一點，這個雕刻與壁畫的感覺，也與之前在空中要塞看過的很像。

既然這樣，這裡可能會有轉移魔法陣吧。

可是就算真的存在也是得賭一把。踏進那種不知道會飛去哪裡的轉移魔法陣是要去哪裡啊？我想去的明明是正上方啊。

不，現在決定還言之過早。

目前看起來，除了有祭壇的這個房間之外沒有其他房間。

況且，阿托菲之手指的並不是那種東西。

手指著壁畫那邊。是位於壁畫下方的小型石櫃。

不對，只是因為壁畫很大看起來才會很小，其實石櫃本身並不小。

毫無疑問的，阿托菲的手就指著那裡。

「……」

突然，我的腦海浮現阿托菲的臉。

遵照那個腦袋不好的魔王陛下的指示真的好嗎？腦中瞬間閃過了這樣的不安。

可是，我的腳卻動了。

朝著阿托菲之手指的方向走去，站在石櫃前面。

該處排列著好幾罐瓶子。

透明度很低，是有開口的瓶子。

而且，在石櫃中央固定著一顆透明度很低的水晶球。

「這裡面放的該不會是酒吧？」

我這樣心想，拿起其中一瓶觀察。

瓶身刻著龍的紋樣。要是札諾巴看到這玩意兒，想必會開始闡述它的價值。順帶一提，瓶子裡面是空的。

「……那麼，要用這個做什麼？」

我詢問阿托菲之手。

阿托菲之手沒有回應，而是往前伸。

它不是朝著瓶子，而是伸向透明度低的水晶球。

接著，當手放在那顆水晶球時，主導權回到了我身上。

「……」

什麼意思？

它打算叫我做什麼？瓶子、水晶球，還有祭壇。總覺得有種玩ＲＰＧ玩到一半，突然進入解謎環節的感覺。真想要有個提示。

「魯迪烏斯，那個。」

突然，杜加在後面指著我的頭上。

我抬頭仰望，發現支撐著祭壇的巨大柱子上方閃耀著藍色光芒。

不，不對。

並不是柱子在發光，而是從柱子上方隱約透出藍色的光芒。

而且，那道光芒轉眼間便落到下面，積蓄在祭台下方類似托盤的地方。

看樣子，這顆水晶球——正確來說，整個祭壇都是魔道具吧。

會吐出藍水的魔道具。

可是，無論如何都會把這道光和周圍的苔蘚與蘑菇聯想在一塊。

「那麼，這個水到底有什麼作用？」

該不會要我喝下去吧？

這顏色感覺對身體很不好……

不對，既然瓶子也擺在一起，代表這個水或許是用在其他地方。

像是把水裝進瓶子，再倒進位於某處的裝置，這樣一來就會啟動裝置把門打開，得到傳說之劍之類。但我不需要劍就是了。

「會不會，是這個？」

杜加所指的地方是壁畫。

眼前描繪著一幅巨大的壁畫。

上面畫的是人與地龍。或許是一旦挪動水晶球啟動魔道具，藍色的水便會流入其中，藉由那道藍色光芒，壁畫現出了全貌。

壁畫似乎是在示意藍水的流動。

最上面的是祭壇，從那裡流出的藍水則是由人裝在瓶子裡。然後拿著瓶子的人對著周圍的人潑水。被水潑到的人拿著劍或長槍，從疑似的龍的生物背後發動襲擊，藉此狩獵牠們。

看過一遍後，可以得知這個水會在狩獵地龍時派上用場。

畫的旁邊還寫著文字，只是我看不懂。

看起來和龍族的文字好像也略有不同。

「啊，可是……」

這時，我突然想到了一件事。

地龍不會下來谷底。

藍色苔蘚、藍色蘑菇，以及藍色的水。

該不會這裡以前曾經有人居住？而那群人用了這個藍色的水支開地龍。地龍討厭藍水中含有的成分，而藍色的苔蘚以及蘑菇，也同樣含有那種成分。

而且從那幅壁畫來看，人們是從地龍後方發動襲擊，而且還是從斜下方。

從斜下方，攻擊那個敏感的地龍。

……難道說牠們看不見嗎？

地龍看不見這個發出藍色光芒的物體。

所以牠們才很少下來谷底。而且只要潑在身上，就不會被地龍發現，是嗎？

「……要試試看這個嗎？」

我轉過頭，沒有說明就詢問杜加的意見。

「哦。」

但是，杜加卻理所當然地點頭。

★ ★ ★

過了一會兒，我們來到了山谷上方。

我們成功逃離了地龍之谷。

「呼，自由世界的空氣真香啊……」

我們離開洞窟之後，將藍水均勻地潑在自己身上。
接著，我用土魔術蓋了座電梯，緩緩將我們的身體往上抬。
因為我擔心速度要是太快可能會被發現，所以是緩緩上升。
這是正確答案。
地龍就算看到發出藍色光芒的我們也沒有任何反應。
或許是因為看不見，也有可能是不把我們當食物看待。
牠們只是貼在岩牆上擠在一起，一動也不動地待在原地。
然後，經過差不多一個小時。
我們持續緩緩上升，終於看見了夜空。
現在時刻似乎是晚上。我們因為眼前的明月湧起莫名的感動，同時走下電梯站在山谷邊緣。
「成功了。」
「哦！」
我拍了拍杜加的背，他也一臉開心地點頭。
雖然稍微費了點工夫，但我們成功逃出了。
必須立刻回斯佩路德族的村落，把那兩個人的事情告訴大家。

第三話「有勝算」

當我回來時，會議正吵得沸沸揚揚。

「敵人已經逼近眼前，我們必須對此做好準備。」

「所以我才說應該先去找魯迪烏斯啊！」

扯著嗓子大吼的是艾莉絲，與她爭論的人是香杜爾。

洛琪希也在場。

「有杜加跟在他身邊，他們遲早會回來的。我們該趁這段時間整備戰力，設置陷阱……」

「那個木頭人是有什麼用啊！」

「別看他那樣，其實他本領高超。」

「而且要說本領高超，那為什麼你沒有和他們在一起啊！」

「唔……那是因為……」

爭論的議題應該是關於今後的方針。

要不是先去救我，不然就是相信我會自己回來，大家先在此迎擊敵人。

應該是這樣吧。

艾莉絲好像主張要先救我，實在令人欣慰。
「算了，就算只有我一個人也要下去！」
艾莉絲按捺不住挺起身子，猛然轉頭。
然後，與我四目相接。
「要下去的話，建議從隱藏在蘑菇後面的樓梯走下祭壇，得到藍水之後會比較順利喔。」
「魯迪烏斯！」
我點出攻略情報之後，艾莉絲就抱了過來。好痛啊，這樣脊椎會斷掉啦。
「我很擔心你耶！」
「抱歉。」
仔細一看，包含洛琪希在內，其他成員看起來也都鬆了口氣。
只是看到我還活著就有這種反應，真令人欣慰。
「……話說魯迪，你的手是怎麼了？」
「喔喔，這個啊……不，我整理起來一次說明好了。可是在那之前……」
我邊這樣說邊環視周圍。
視線停在坐在眼前的一個男人。
「你到底是誰？」
我注視著香杜爾，同時這樣詢問。

★★★

北神卡爾曼二世。

亞歷克斯・雷白克。

打倒王龍王、打倒巨大的貝西摩斯，在各地建立了數之不盡的功勳，甚至成為七大列強之一。那個北神英雄傳奇的主角本人。而且在大約百年之前，還被稱為世界最強的劍士。北神流的戰力最高峰。

香杜爾是這樣自稱的。

老實說我不怎麼驚訝。頂多是好奇這樣的人物為什麼會在這裡。

不過，大部分都想得通。奧爾斯帝德要他跟著我，卻又什麼都不說的理由。

比起基列奴或是伊佐露緹，愛麗兒反而先把他送到我身邊的理由。杜加是北帝的理由。

北神卡爾曼二世。

這也難怪。

「你之前為什麼不說呢？」

「這是為了以防萬一……人神雖然能讀取他人心思，但只要我方陣營的人不曉得我是卡爾曼，就可以隱瞞我的存在。況且這樣行動也比較方便。」

原來如此。

在我摔落谷底的時候，感覺人神已經把我方的情報掌握得一清二楚。

可是，卡爾曼在我方陣營的這個情報，並沒有洩漏給對方知情，是這個用意嗎……等等，如果人神可以讀取香杜爾或是杜加的想法，不就沒意義了嗎？

「……真的嗎？」

「不，說實話我是想等到陷入危機之後再表明身分，想說這樣比較帥氣。」

「很好。」

因為想耍帥而搞砸。這種事情確實經常發生。

「但杜加是北帝的事情也穿幫了，到頭來其實沒什麼意義吧？」

「是啊……不過杜加其實是不太出名的北帝呢。」

要是我知道這兩個人是強者，行動時就會躲在這兩個人的身後了。

不，這樣一來，他們兩人就會採取其他行動吧。

「不管怎麼樣，今後也繼續麻煩你了，亞歷克斯先生。」

「這是當然。喔，不過，請你今後也繼續稱呼我香杜爾。因為我現在是以這個名字行走江湖。」

確認香杜爾的真實身分後，我們開始整理彼此擁有的情報。

大約十天前，我帶著劍神加爾・法利昂以及北神卡爾曼三世來到這個村子，然後被他們打落山谷。

儘管在谷底時沒有注意到，但我似乎昏迷了很長一段時間。

就在那個隔天或兩天後，雖然不清楚正確的時間，但附近的轉移魔法陣以及通訊石板都失去了光芒。

艾莉絲與洛琪希此時察覺狀況有異。她們為了與我會合，來到了斯佩路德族的村落。

接著她們發現斯佩路德族村的魔法陣也同樣失去了光芒。

可是，她們相信我正在展開行動，所以決定先暫時觀察狀況。

後來香杜爾先一步回到村落，透過他帶回的情報，才正式確定我下落不明。

香杜爾與瑞傑路德等人前去找我，結果，他們推測杜加追著我跳進了山谷。他好像事前就交給杜加提防我遭到襲擊。

至於為什麼會提防敵人的襲擊，理由在於他從情報販子那邊獲得的情報。

據情報販子所說，國內最近謠傳著一則無憑無據的謠言。內容敘述森林惡魔就是斯佩路德族，附近的居民都是遭他們趕盡殺絕。

得知這件事後，國家好像決定組織討伐隊對付斯佩路德族。

「原來如此……啊……」

證實這個消息的，是艾莉絲與洛琪希獲得的情報。

艾莉絲與洛琪希好像是昨天才剛抵達這裡。

本來的話，這個距離只要花四天左右就能抵達，可是她們的行程卻花了十天。

這是因為她們在經由首都的時候，正好在舉辦典禮。

那個典禮就是討伐隊的誓師典禮。

下達討伐斯佩路德族的決定之後，首都變得像舉辦祭典一樣熱鬧，受到這個氣氛影響，王國決定提前舉辦討伐隊的誓師典禮。

本來的話，應該會再過一陣子才舉行。

恐怕是基斯收到我摔落山谷的報告，所以才提早行動了吧。

由於奧爾斯帝德的手環不在身上，導致人神察覺到我還活著。

所以才會打算在我從山谷爬上去之前，盡快襲擊奧爾斯帝德也說不定。

洛琪希與艾莉絲看到討伐隊出發的時間實在太早，決定進行偵查，因此也得以確認劍神與北神參加了討伐隊的行列。

然而在偵查途中，她們兩人也始終有著疑問。

明明魯迪烏斯應該與王國交涉過，為什麼還會演變成這種狀況？

為什麼沒看到魯迪烏斯的人影？

正當她們對此百思不解的時候，討伐隊就從首都出發了。

不管怎麼樣，兩個人決定一邊警戒討伐隊一邊跟蹤。

儘管知道他們的目的地，但她們倆認為至少要再掌握一些情報。

但是當他們進入第二都市後，洛琪希判斷繼續追蹤下去太過危險。於是她們避開城鎮，繞了一大圈通過森林前往斯佩路德村。

在那之後，理所當然地因為迷路而白白浪費了幾天，但總算是平安抵達斯佩路德村。

事情就是這樣。

順便說一下，抵達斯佩路德村時，聽說艾莉絲與瑞傑路德上演了一場感動的重逢。

艾莉絲在看到瑞傑路德的瞬間，湧起了一股想朝他飛撲上去的衝動。

因為她想讓瑞傑路德知道自己變強了。這樣的想法充斥著她的全身。

可是，她強忍這樣的情緒。

因為自己現在已經不是小孩。

自從被瑞傑路德承認是戰士之後，艾莉絲．格雷拉特就一直是名戰士。身為戰士，必須要做出不愧對師傅瑞傑路德的行動才行。

她這樣告訴自己，擺出了招牌動作，這樣說道：

「好久不見，你一點也沒變呢，瑞傑路德。」

「嗯，艾莉絲，妳長大了呢。」

「那當然。」

艾莉絲與瑞傑路德之間的對話就只有這樣。

聽說光是這樣就令艾莉絲感到懷念，並且引以為傲。

她現在的視線，與從前不得不抬頭仰望的瑞傑路德同樣高度。

而且，可以和瑞傑路德一起並肩作戰。

以上，是艾莉絲一臉得意地告訴我的內容。

「已經沒有多少時間了。此時此刻，討伐隊恐怕正朝這邊過來。不久的將來，鬼族的戰士們應該也會加入增援的行列。」

「原來如此。那麼，我也有事情要報告。」

接著我也說出這邊的情報。

那兩名士兵是劍神與北神，他們是使用我也用過的戒指變裝。而且基斯恐怕也是用那個改變樣貌，所以才沒能找到他。我雖然摔落山谷，但多虧阿托菲之手以及杜加在千鈞一髮之際救了我一命。還有，當時因為脫下了奧爾斯帝德的手環，被人神發現。

到了最後，我們順利逃出谷底回到這裡。

「魯迪烏斯。」

我講完所有經過之後，艾莉絲以低沉的嗓音叫我。

「加爾．法利昂由我對付。」

艾莉絲看著我手臂的根部，同時這樣說道。

「……嗯，包含這部分在內，我們先討論一下吧。雖然我很高興妳願意為我報仇，但不要一個人猛衝，否則可是會像我一樣的。」

好啦，來整理狀況吧。

首先是基斯，他目前的立場可以在某種程度上控制討伐隊，這點毋庸置疑。

最有可能假扮的，八成是國王吧。

儘管我不清楚使徒是誰，但站在基斯那邊的有劍神、北神以及鬼神三人。

劍神與北神藉由變裝戒指的能力偵查過斯佩路德村，鬼神則是與基斯一起突襲事務所，奪去我們的退路。

而且，現在他們正帶著大約一百名的討伐隊朝著斯佩路德族的村子前進。

「……」

鬼神馬爾塔。

居然把那種怪物送到夏利亞。

重新意識到這點之後，心中感受到的絕望便慢慢擴散。

「我們家現在怎麼樣了呢……？」

聽到我這句話，洛琪希伏下視線，艾莉絲環起雙臂，香杜爾則是一臉困擾地摸了摸下巴。

「我們不清楚鬼神是破壞了事務所就離開，還是說他離開前還攻擊了夏利亞。」

我試著思考了一下。

如果是我的話會怎麼做。

現在的夏利亞是空殼。不管魯迪烏斯還是奧爾斯帝德都不在那裡。可以對抗鬼神的人物一個也不存在。

置之不理？當然不可能。

即使是在沒有戰力的狀態下，也會抱著一試的感覺發動攻擊。

「……」

現場被沉默所支配。感覺奧爾斯帝德也擺出很恐怖的表情。

雖然因為戴著頭盔看不出來，但他的臉本來就很嚇人。

「哎呀，看來各位都齊聚一堂了。」

此時，入口附近傳來聲音。

我回頭望去，那傢伙就站在那裡。

「札諾巴！」

仔細想想他也在這邊。

不，我可沒忘喔！當然沒有！只是有點，那個……比較擔心家裡而已。

「師傅，本人來晚了。札諾巴在此向您請安。」

「不，沒關係，我也才剛到而已。」

札諾巴的身後還可以看到茱麗以及金潔。

她們兩人看起來精疲力盡。身上到處都有擦傷，眼底下也因為疲勞而浮現黑眼圈。就和魔力即將耗盡之前的狀況很相像。

「路上因為看不見的魔物而折騰了一會兒。若是斯佩路德族的人沒有出手相助，後果可不堪設想。」

「原來如此，我明白了，讓她們兩人先好好休息……不，現在討論的事情妳們最好也聽一下。到角落那邊就好了，先坐著休息吧。」

我這樣說完，茱麗與金潔便不發一語，有氣無力地走進講堂，到柱子附近坐下。

洛琪希立刻走近她們，開始施予治癒魔術。

「那麼，札諾巴，你對於狀況把握到什麼程度？」

「大致上。不過可以的話，希望能為本人從頭說明一遍。」

由於他這麼說，我便從頭開始為他說明。

儘管同樣的事情再說明一次實在很麻煩，但也沒辦法。

因為情報共享才是最重要的。

「——如此這般，現在我們很擔心朝這邊逼近的討伐隊，以及夏利亞目前的狀況。」

「唔嗯。」

說完事情經過之後，札諾巴哼笑一聲。

剛才說的話有哪裡好笑了？

這傢伙，該不會想說什麼「本人的家人已經都在這裡，所以很安全呢，哈哈哈」之類的吧？

「關於這件事，由於本人在來這裡的途中，在森林裡面找到了七大列強的石碑，已經向佩爾基烏斯大人的屬下，阿爾曼菲先生確認過了。」

「喔喔！」

聽到這件事，喜形於色站起來的人並不是我。

他在周圍視線的注目之下，立刻重新坐好。那個人是香杜爾。

「失禮了，然後呢？」

「他說，師傅的家人平安無事。」

現場的人頓時鬆了口氣。

這樣啊，她們平安無事。難道是雷歐有盡到自己的職責嗎？或是有什麼人保護了大家？再不然是因為夏利亞有魔法大學，敵人判斷攻入會有危險？不管原因是什麼，這個消息都很令人振奮。

「話說，只要佩爾基烏斯閣下願意助陣，便能一口氣扭轉局勢了。」

香杜爾以略顯興奮的表情環視周圍。

然而，札諾巴的神情卻有些黯淡。

「不，據說佩爾基烏斯大人表示，他在這場戰爭會當個旁觀者。可能無法期待他出手相助。」

「怎麼會！就是在這種時候，才能展現出那位大人的力量啊！」

香杜爾以可以說誇張的態度往後倒下。

這個男人居然這麼喜歡佩爾基烏斯嗎？

不對，香杜爾是北神二世。

北神一世與佩爾基烏斯同為「殺死魔神的三英雄」，算是老朋友。

那麼，香杜爾或許也曾見過佩爾基烏斯。

因為對方是在自己父親的那個世代被稱為英雄的人物，會有所憧憬也是情有可原。

先不管這個，香杜爾說得確實沒錯。佩爾基烏斯與他十二名部下的力量，在目前這種難以取得情報的狀況下更顯珍貴。

最強的偵查兵光輝的阿爾曼菲，以及擁有情報共享能力的轟雷的克里亞奈特。

只要他們兩人聯手，對方的情報就會無所遁形，還能在一瞬間就將情報傳達給所有同伴。在佩爾基烏斯的傳說當中，也描述過他靠這招完全掌握敵軍的動向。

當然，不光只是這樣。其他部下的力量也都能起到關鍵作用。

可是，既然他說不能幫忙，這也無可奈何。

奧爾斯帝德的方針，也是不借助佩爾基烏斯的力量。

「鬼神馬爾塔雖然粗魯，骨子裡卻是個溫柔的男人，不會襲擊非戰鬥員。」

低聲這樣喃喃說道的，是奧爾斯帝德。

「萬一過去的是加爾．法利昂或北神卡爾曼三世，夏利亞肯定也會遭到襲擊吧。」

奧爾斯帝德這番話雖然安靜卻十分響亮。

聽起來還有若干回音，八成是因為頭盔的關係吧。

「但是，基斯很膽小。他雖然利用那兩人確認我就在這裡，但因為這裡有轉移魔法陣，他沒辦法完全撇除我返回事務所的可能性。因此才會派出鬼神。若是面對鬼神，就連我也得花上一點時間才能打倒他。他們的計畫，或許就是由基斯本人或是其他人趁這個機會破壞所有魔法陣。」

奧爾斯帝德的見解似乎是這樣。

原來如此，會把鬼神帶去，說穿了就是打安全牌嗎？而因為這個安全牌，才得以保護了我的家人。不如說，他們或許打從一開始就沒打算襲擊夏利亞。

以我優先，家人放在後面。

此時，香杜爾提出了一個疑問。

「那麼，他們為什麼不三個人一起去呢？」

「恐怕是因為加爾．法利昂與北神卡爾曼三世的目的與基斯不同。」

劍神與北神的目的。

聽到這句話，眾人紛紛歪頭表示不解。然而，唯獨一人沒有覺得奇怪，就是艾莉絲。

「……加爾．法利昂想要和你一較高下。」

「亞歷山大・雷白克也是。」

奧爾斯帝德在斯佩路德族的村子。

他們兩人就是因為明白這點，所以才沒過去夏利亞，而是留在這裡。

從這點來看，大概也可以看得出來基斯其實並沒有完全掌控那兩個人。

他們要是有那個意思，應該能直接下去地龍谷的谷底殺我才對。

畢竟就連北帝杜加都下得去了，身為北神的亞歷山大應該也辦得到。

所以，那兩個人並沒有照人神與基斯的想法在行動。

「不管怎麼樣，知道家人平安我就放心了。不過，接下來劍神、北神以及鬼神三個人將會攻進這裡，所以還不能安心就是了。」

除了神級的三個人之外，還有百名討伐隊。

相對的，斯佩路德族這邊的戰力則是能行動的十幾名斯佩路德族戰士。

另外就是在場的眾人。

奧爾斯帝德、札諾巴、金潔、茱麗、諾倫、克里夫、艾莉娜麗潔、瑞傑路德、洛琪希、艾莉絲、香杜爾以及杜加。

村裡還有斯佩路德族的婦孺，醫師團隊也還留在這裡。姑且不論醫師團隊，討伐隊的目標是斯佩路德族。一旦攻打進來，難保不會被趕盡殺絕。

「……」

金潔、茱麗以及諾倫不能算入戰力。

克里夫也是……他在戰鬥方面派不上什麼用場。

至於奧爾斯帝德，他也算是戰力外。奧爾斯帝德的魔力幾乎不會恢復。一旦用了就會快速減少。我原本就是為了填補這個空缺，才會成為奧爾斯帝德的部下。

不能因為要開戰了，就一句「老師，拜託你了」把事情都丟給他。

雖說在逼不得已的關頭還是得麻煩他出面，但如果是一兩名神級的對手還好說，若是一次應付三個人，勢必會消耗掉相當多的魔力。

況且現在依然還沒掌握基斯的下落。

說不定他還留有預備的戰力。而且如果我是基斯，肯定不會把正面對決會輕易落敗的傢伙就這樣送過來。

想必他會做好某種對策。

奧爾斯帝德是不能打出來的王牌。一旦打出來就能度過當前的危機，但最後依然會是我方敗北。

除了萬不得已的情況以外，最好還是別讓他出馬。

神級有三個人。

考慮到奧爾斯帝德不能算在內的話，這場戰鬥絕不輕鬆。雖然不輕鬆……

但也不至於贏不了。

我們這邊有劍王艾莉絲、北神香杜爾以及北帝杜加這三名強大戰力。只要我、札諾巴以及瑞傑路德三個人輔助他們的話……儘管會是一場艱辛的戰鬥，但不管要戰還是要逃都有機會。

這場戰鬥雙方都會出盡全力……但以基斯來說感覺準備得不太充分。

現在，我方戰力都集中在斯佩路德村。

如果他認為我不在倒另當別論，可是掉進谷底時，人神就得知了我的生死。

不僅有我，奧爾斯帝德也在這裡。在這種狀況下，還會發起總力戰嗎……

不對，之前還有冥王畢塔。

本來的話，基斯應該是打算利用冥王畢塔，把瑞傑路德變成我的敵人才對。

把這點也列入考量的話，他原本的如意算盤或許是先在畢黑利爾王國等我漫不經心地出現，騙我帶著變裝後的劍神與北神回去斯佩路德族的村落，而鬼神也會在這時抵達，三名神級再加上冥王畢塔與瑞傑路德，這樣共有三～五人，能確實收拾我。

嗯。這樣一想，對方的棋子之所以看起來很少，或許可以說是因為我巧妙地應對了狀況。

雖然也可以說只是我運氣好，而且也不明白到底誰才是使徒誰不是使徒，但從情報當中也可以感覺得到，基斯並沒有完全掌控加爾．法利昂以及北神卡爾曼三世。

可是，基斯到底是用什麼方法吸引他們行動的？

比方說，基斯提出了某個條件，而他們同意了這個條件才行動的話，那麼，這次他們會不惜一切代價攻進這裡，想必也是因為有那個口頭約定。

而且，那個條件在剛才的對話中也有出現。

襲擊我的二人組，目的就是與奧爾斯帝德戰鬥。他們兩人親眼看見了奧爾斯帝德，現在已經戰意高昂。

基斯所準備的，就是這個舞台。

沒錯。而且講得更詳細一點，我想基斯聽到我墜落山谷之後，應該就已經開始行動了。

照原本的預定，討伐隊的誓師典禮應該會配合鬼族戰士團的出發時間，但現在卻提前舉行，我想那是因為他知道要從谷底上來非常困難，所以試圖趁我不在的時候分出勝負。

基斯知道我還沒死後，立刻動員了討伐隊，打算在我離開谷底之前，對奧爾斯帝德造成沉重的打擊。

可是我趕上了。在戰鬥前歸來，目前狀況穩定。

他可能也還沒察覺香杜爾的真實身分。再來，從人神在夢裡著急的感覺來看……

「……我們說不定有勝算。」

當我喃喃這樣說了一句的時候，一名年輕人走進房間。

他手持灰白長槍，是斯佩路德族的戰士。

「討伐隊出現了。還有半天的距離。」

雖然我是趕上了，但看來只是勉強安全上壘而已。

★★★

地龍之谷。

谷寬平均四百公尺。寬的地方雖然超過五百，但窄的地方頂多一百。

斯佩路德族在山谷最窄的地方架橋，藉此往來森林兩側。

而且，還把透明狼討厭的香草搗碎，然後抹在這座橋上。

敵人為數眾多，可是路只有這條。與河川不同，沒辦法那麼輕易通過，敵人肯定會在這停下腳步。只要把橋拆毀，就可以進一步爭取時間。而且這裡有別於充滿許多障礙物的森林，只要使用千里眼就是我的射程範圍。

「橋還是留下來吧。」

因為這句提案，橋留了下來。

萬一敵人走過來，到時再打下去就好。一旦掉到下面，就沒辦法輕易上來，這點我已經親身體驗過了。

我們占有地利。

儘管沒有時間設陷阱，但我們還是決定在此迎擊敵人。

總之，成員有六名。

我、艾莉絲、瑞傑路德、札諾巴、香杜爾以及杜加。

我們要六個人面對神級的三個人。斯佩路德族的戰士們主要則是負責應付討伐隊。

由於我有件事要拜託洛琪希，所以將她布署在後方。

艾莉娜麗潔與斯佩路德族的幾名戰士則是擔任洛琪希的護衛。

克里夫與剩下的成員負責防守村落。

總之，就是典型的那種戰士擔任前衛，魔術師布署在後面的陣形。

要是發生緊急狀況，還能把傷患送回村子，接受治療之後再回到前線。

說到治療，阿托菲之手我決定暫時就這樣放著不管。

現在有限的不只時間，洛琪希與札諾巴帶著的捲軸也是如此。

況且這隻手的性能似乎好過我肉身的手，既然能動就先維持這樣，等戰鬥結束之後，再用治癒魔術的捲軸治療就好。

嗯，畢竟是魔王陛下難得送我的禮物。

就讓我盡情利用吧。

★ ★ ★

半天後，我們與一百多名討伐隊隔著橋互相對峙。

橋的對面，站在畢黑利爾王國那方前面的，是三名男子。

腰間掛著一把劍的中年男性。

劍神加爾・法利昂。

儘管劍神的寶座已經讓給別人，他本身也有相當年紀，但他的劍技絲毫沒有衰退，這點我已經用身體親自證明。我甚至會猶豫要是加個前任或從前之類的，或許會導致自己大意。

再來是背上揹著一把大劍的一名少年。

北神卡爾曼三世亞歷山大・雷白克。

儘管是七大列強之一，但他的實力還是未知數。

還有，是身高將近三公尺，擁有宛如大樹般的巨軀，脖子掛著猶如鈴鐺的項圈，腰間披著虎紋腰巾的紅色鬼族。

鬼神馬爾塔。

奧爾斯帝德推論過他為什麼沒有襲擊我的家人，但還不明白他真正的意圖。

關於這點，或許我應該道個謝比較好……但我沒有這個打算。

那傢伙攻擊了事務所。

那麼，待在事務所的那名長耳族（精靈）櫃檯小姐，恐怕是希望渺茫了。

我記得名字叫做法……法蘭莉絲……？不，呃，嗯。應該是那種感覺。

雖然到頭來我還是沒能記住她的名字，但還是想幫她報仇。

「沒看到基斯呢。」

很可惜的，附近看不到那個猴子臉的傢伙。

他或許躲在附近，再不然就是待在第二都市伊雷爾。

至少不在千里眼可以看見的範圍。

假如基斯無法完全控制這幾個人，那傢伙說不定已經放棄這次機會逃走了。

討伐隊的人看到斯佩路德族的戰士，看起來都一臉驚恐。

綠色頭髮、灰白色的長槍。正是在童話故事中出現的惡魔的模樣。

要是打贏這場戰鬥，我就要把瑞傑路德的書拿到畢黑利爾王國大賣特賣。

「不用害怕！」

與討伐隊不同，神級的三個人看起來絲毫不怕斯佩路德族的戰士。

「人數是我方壓倒性地有利！」

尤其是亞歷山大，他非常有精神。

他高舉著拳頭，發出連我們這邊也聽得到的聲音鼓舞周圍，提振士氣。

確實，數量上是討伐隊有利。

可是這裡是森林裡面，我方是斯佩路德族。有利的反而是我們。

全員拔劍，以帶有明顯敵意的眼神，瞪視著站在山谷前面的二十幾名士兵。

然後，亞歷山大也從背後拔劍。

「吾乃北神卡爾曼三世亞歷山大・雷白克！跟著我，一同贏得榮耀吧！」

「……！」

然後，亞歷山大一邊高喊，同時衝到了吊橋上。

看到這幕景象的香杜爾，反射性地大喊：

「就是現在！」

下一瞬間，我的手就動了。

從雙手射出了岩砲彈（Stone Cannon）。

岩砲彈筆直飛去，從底部破壞吊橋。

緊接著瑞傑路德也動了。他們站在前面，以灰白色的長槍將吊著橋的藤蔓一刀兩斷。

「啊啊啊？」

每個人都茫然地看著這幕景象。

看著墜落的橋，以及和橋一起摔進深淵的北神卡爾曼三世。

眾人只是愣在旁邊看著這幕。

就連剛才大喊的香杜爾也是一臉茫然。

不是吧？不會吧？怎麼會？怎麼可能……可是既然從這個高度摔下去，不可能得救。

……如果是亞歷山大應該不會有事。可是就算得救，暫時也爬不上來。

「…………首……首先解決了一個？」

沒有人因為這句話而歡呼。也沒有人投以責備的視線。所有人都把剛才發生在眼前的光景深深地烙印在眼裡。

……現在是好機會。

我在雙手灌注魔力。目前在場的有辦法攻擊的人並不多。上吧。

我把左手舉向天空，將龐大的魔力獻給天際，產生雷雲。接著以右手控制奔騰的魔力，壓縮，擊落。

「『雷光(Lightning)』！」

伴隨著轟天巨響，閃電劈落。

視野被染成白色一片，隨後轟鳴響徹四周。懸崖對面揚起沙塵，樹木遭到火焰吞噬，劈哩啪啦地不斷倒下。

不知道這招給敵人造成了多大的損害。

不過，我有命中的感覺。

連手都震顫不已的感覺，殺了人的觸感。我努力忍住自己的情緒，再次朝雙手灌注魔力。

「再一發……」

當我這樣想的下一個瞬間，便有東西從沙塵當中跳了出來。

是紅色的物體。

從遠方來看，跳躍動作無聲無息，感覺就像用飛的那般輕盈。可是，速度與質量卻非比尋常。

紅色物體轉眼間逼近我們，轟炸地面。只能以轟炸來形容。

因為現場揚起了猶如砲彈落下那般的聲音與沙塵。

轟炸的位置在我們微微右側的地方。接著，從沙塵當中出現了兩名男人。

「……」

紅色肌膚的鬼族，以及四十幾歲的人族。

是鬼神馬爾塔，和前劍神加爾·法利昂。

這兩人飛越了山谷。居然以跳遠的方式跳過了一百公尺的距離。該說真不愧是七大列強嗎？

「好啦……老子的對手是誰？」

野狼露出猙獰的笑容。

與當初和我對峙時散發的那種漫不經心的感覺不同。現在，他是帶著明確的殺意以及覺悟站在這裡。

掛在他腰間的是把有著華麗刀鍔的劍。

那想必是魔劍吧。與卡在我背後裝甲的武器完全是不同級別。令我的背不禁流下冷汗。

「是我。」

彷彿理所當然一樣走上前面的，是赤紅狂犬。

腰上佩著兩把劍。她環起雙臂，擺出威風凜凜的站姿，擋在加爾．法利昂眼前。

「我想也是。其他呢？」

「還有我。」

我這樣自告奮勇之後，加爾．法利昂咧嘴一笑。

「怎麼，你還真的很有精神啊。」

「託你的福，我依然健康。」

「嘖，所以老子一開始就說應該要砍下腦袋嘛。」

這句話是在罵誰呢……想必是基斯吧。

「……」

然後，還有一人。雖然沒有報上名號，但在我的身旁站著一位有著綠色頭髮，手持灰白色長槍，身經百戰的勇者。

我們三人又一起了。

艾莉絲、瑞傑路德，還有我。三個人一同戰鬥。

「Dead End」重出江湖。

雖然是三對一，但可由不得他抱怨。

本來是打算由我和香杜爾對付亞歷山大，得怪那傢伙做出那種愚蠢行為自己摔下去。

「……」

鬼神那邊是由香杜爾、札諾巴以及杜加三個人應付。

聽說鬼神的戰鬥方式是以肉搏戰為主。札諾巴與杜加很會對付這種力量型的對手。

而且香杜爾是北神卡爾曼二世，據說他也很習慣和大型敵人戰鬥。

相性絕佳。

贏得了。

說不定會有人在此犧牲，但即使如此，依然能打倒這兩個人。

「——喝！」

我這個想法只維持了一瞬間。

從我們的背後傳來了吆喝聲。

我反射性地回頭望去，發現某個物體正好跳上懸崖。

不能說是物體。

正確來說，是剛剛才掉下去的那個黑髮少年。

「呼……呼……」

他一邊擦拭汗水，一邊將劍高高舉向天空。

接著，以誇張的語氣如此宣言：

「吾乃北神卡爾曼三世！是要打到受詛咒的惡神，奧爾斯帝德的英雄！想阻止我前進的人，儘管放馬過來！」

怎麼會……難不成他衝上來了？從那個谷底……？

不對，雖說是斷崖，也並非完全垂直。就算是我，只要使用魔術就能在中途停住立刻回來。

還是說，他是用那把劍插著岩牆移動，從底部跑上來的嗎……

看來也得誇獎他不愧是七大列強。

「……沒辦法。魯迪烏斯閣下，那個蠢蛋就由我和你對付吧。」

「是。」

我點頭同意香杜爾的話。

雖然很可惜不能和艾莉絲還有瑞傑路德三個人一起戰鬥，但也沒辦法，就照原訂計畫吧。

「請小心那把劍。那是全世界最強的劍。」

說到北神持有的劍，就只有一把。據說是在打倒那個王龍王的時候製作的傳說巨劍。

「王龍劍」卡夏庫特。

「……為什麼？」

然而望向這邊的王龍劍持有者，卻舉著劍擺出呆滯表情。

「為什麼你會在這裡？」

北神卡爾曼三世。

亞歷山大．雷白克以震驚的聲音看著我。

哼哼，明明摔到谷底，但我不僅沒死，還活著回來，有那麼不可思議嗎？他應該也聽基斯說過我還活著，但似乎沒辦法相信呢。

可是，摔落谷底，反而是豎起了生存旗標吧……

奇怪？

他是不是沒在看我？

亞歷山大的視線投向我的後方。

是香杜爾，那傢伙在看著他。嗯，也對啦。

「爸爸！」

不知是這聲吶喊成了戰鬥的信號，或者只是時間上的問題。

「唔喔喔喔啊啊啊啊！」

下一瞬間，鬼神馬爾塔發出咆哮，同時舉起雙手狠狠搥向地面。

大地隆起，斷崖崩塌，樹木也盡數倒下。

彷彿被這股衝擊所推動那般，戰鬥開始。

第四話「狂劍王 vs 前劍神」

艾莉絲等人回過神來，已經遠離了山谷。

這是因為在鬼神行動的下個瞬間，加爾・法利昂便衝了出去離開戰場。

「這附近就行了吧。」

「……」

加爾停下來的地方，是在森林當中也算寬敞的場所。

以時間來說大約一分鐘。然而，加爾的腳程快速，已經和山谷拉開了相當遠的距離。

艾莉絲對於遠離魯迪烏斯一事稍稍感到不安，但立刻集中精神面對眼前的敵人。

「因為鬼神一旦發飆可是不分敵我的。我可不想被他干擾。」

加爾這樣說完，重新轉向艾莉絲。

「……」

可是，他沒有拔劍。

簡直就像是在表示：對付妳，空手就夠了。

即使看在艾莉絲的眼裡，他的站姿也是充滿破綻。

相對的，艾莉絲則是舉著愛劍「鳳雅龍劍」擺出大上段架式。

然而，眼前的好歹也是前劍神。艾莉絲很難下定決心是否該趁這個機會進攻。

「……妳看起來很有精神嘛。」

令人意外。

意外的是，加爾開口了。不，加爾也是人。開口說話其實也很正常。

但即使如此，明明處於這種狀況，這個男人卻不打算用劍，而是透過話語溝通，這對艾莉絲來說很是意外。

「……」

看到艾莉絲狐疑地歪著頭，加爾嗤笑一聲。

「妳記得吉諾嗎？吉諾・布里茲。」

「……是有這個人呢。一個不起眼的傢伙。」

聽到這個回答，加爾又笑了一聲。

「沒錯。儘管以年紀來說很有實力，那傢伙卻很不起眼。」

加爾這樣說完，仰望天空。

聽得見樹木被風吹動，樹葉摩擦的沙沙聲響。

感覺不到鳥或是小動物的氣息。

只聽得見遠方傳來樹木倒下的聲音，以及某種東西破掉的聲音。

想必那是鬼神，要不然就是北神戰鬥的聲音。

順著這個聲音，加爾的話傳了過來。

「現在的劍神是那傢伙。」

「……………我知道。」

「這樣啊。原來妳知道……妳的消息意外靈通啊。不對，妳該不會親眼去見過他了？算了，反正就是這麼一回事。我把劍神的寶座讓給了那傢伙。」

艾莉絲想起當初為了拉攏眼前的男人成為伙伴，與魯迪烏斯一同前往劍之聖地時所發生的事。

當時，她並沒有見到吉諾・布里茲。

所以即使劍神加爾・法利昂說自己現在不是劍神，艾莉絲也難以理解。

她唯一記得的，頂多是劍之聖地彷彿變成一個陌生的場所，對此稍稍受到打擊。

「那個傢伙到底是怎樣啊？突然就說什麼要和妮娜結婚。然後，當老子說想和妮娜結婚就得先贏過老子……他就突然變強了。」

說著這番話的加爾看起來相當愉快。

他嘴角上揚，露出賊笑，回憶著當時的經過。

「只有一瞬間啊。那種又快又沉重的劍，就算是在老子年輕的時候，也只使出過一次或兩次……不，搞不好還在老子之上。」

加爾或許是憶起了什麼，冷不防將手揮到半空。

揮舞的手刀之快，甚至令人以為會發出衝擊波。接著他縮回手刀，卻在途中突然停止。

「妳能想像老子沒辦法揮出第二刀嗎？真是莫名其妙。」

然後，他重新環起雙臂。

「對於從出生之後就是最強的老子來說實在搞不懂，但果然在普通人身上，就是會出現那種瞬間吧。那種蛻變的瞬間……」

加爾再次抬頭看著天空，如此說道。

同時，他也在口中喃喃自語，說著「不，現在已經不是最強了」。

「不管怎麼樣，那傢伙把想要的東西全都弄到手了。心愛的女人、劍神的寶座……現在劍之聖地的所有人都認同那個傢伙。一提到劍神就會想到吉諾的時代，想必也不遠了吧。」

此時，加爾望向艾莉絲。

他總算是願意正眼看著她。

「相較之下，妳是怎樣？」

「……什麼啦？」

「一直諂媚著男人，到最後甚至還對曾是敵人的龍神奧爾斯帝德搖著尾巴。」

加爾・法利昂哼笑一聲，但臉上沒有一絲笑意，而是以充滿著怒氣的表情瞪視艾莉絲。

「老子可是託付給妳了啊。把打倒龍神奧爾斯帝德，打倒那種絕對存在的夢想。」

「現在想來真是可笑。老子為什麼會把這種事託付給妳這種傢伙？」

「看妳現在獠牙都被拔光了。哈，什麼狂劍王。妳到底哪裡狂了？把到男人是不錯，但妳居然是第三個？這樣妳就滿足了嗎？」

加爾．法利昂一句又一句地責難艾莉絲。

然而，艾莉絲卻是無動於衷。她只覺得對方說這些有什麼意義。

她根本沒有感觸。不記得自己有被託付過什麼夢想。

因此，艾莉絲這樣回答：

「……你變成膽小鬼了呢。」

劍神的瞳孔一口氣縮緊。他凝聚殺氣，灌注到手上。

「妳被逐出師門了。」

「無所謂。」

「不准妳再自稱什麼劍王。」

「辦得到的話，就試試看啊。」

艾莉絲已經進入備戰狀態。

倒不如說，她反而不解為什麼劍神剛才一直玩這種文字遊戲。

「妳以為贏得了嗎？」

「那當然。像你這樣的雜碎，我一擊就會送你上西天。」

「哈……在老子的人生當中，還是第二次被叫雜碎。」

加爾．法利昂擺出架式。

他張開雙腳，沉下腰，將手靠在劍柄，像是要把劍擋起來般擺好姿勢。那是居合的架式。

是那位劍王基列奴．泰德路迪亞擅長的必殺架式。

「……」

艾莉絲看見這個架式，咬緊牙根。

劍神流是以揮出最快最沉重的劍為主流的劍術。

然而，卻有三種架式。

第一種是中段。無論什麼樣的理法都能應對，是劍神流的基本形。

另一種是上段。適合以破壞對手理法，深入發動攻擊的人。是攻擊型的架式。

最後是居合。適合以看清對手理法，以嗅覺找出最佳時機的人，是防禦型的架式。

換句話說，能看出理法的人主要以居合，能破壞理法的採用上段，而沒有特別強化其中一邊的人就會擺出中段架式。

擁有天生的節奏感，積極打亂對手理法的艾莉絲擅長上段。

擁有獸族的嗅覺與聽覺，直覺與反應出色的基列奴擅長居合。

「……」

加爾．法利昂擺出的架式是居合。

這名前劍神，無論擺出什麼架式都有辦法應戰，但他是看了現在的狀況，才選擇居合。

因為他判斷自己能看出艾莉絲的理法。

明明知道這點，艾莉絲卻不感到害怕。她不發一語，在緩緩吐氣的同時，一步一步，慢慢地縮短距離。

這個瞬間，加爾感到不對勁。

艾莉絲莫名冷靜。

在劍之聖地的時候，會像「狂犬」的名號那樣張牙舞爪，耿直地襲擊對手的那個艾莉絲……居然沒有發動襲擊。

只不過，也有一點不變。

就是表情。艾莉絲的臉上掛著笑容。儘管臉上掛著噁心的笑容，可是身上卻纏繞著有如修行僧那般俐落的氣場站在那裡。

看到這個表情，甚至讓加爾不由得想要主動出手。

可是，他並不打算動手。

他只是背對大樹，以宛如時間靜止般的動作等待。

「……」

「……」

那是很詭異的景象。

尤其是熟知這兩人的人一看，肯定會認為這是極為奇特的光景。不論艾莉絲還是加爾，都是擅長主動進攻的劍術家。否則，他們根本不可能爬到劍神流的頂點。

可是，這兩人卻動也不動。

只有彷彿雪花般飄落的樹葉，令人感到時間有在正常流動。

看到眼前這幕光景，想必也會有人認為與當時的狀況如出一轍。

比方說，出現在剛才對話當中的人物，吉諾．布里茲。

他曾經看過劍神流在靜止狀態的對決。

沒錯，幾年前。在艾莉絲當上劍王的那天。

艾莉絲．格雷拉特，與妮娜．法利昂的戰鬥。

不動。

雙方動也不動。

好似高等級的劍神流同門之間，像這樣靜止不動是很常見的狀況一樣，雙方動也不動。

不，其實有在動。

儘管幅度猶如指尖，可是艾莉絲正一點一點地拉近距離。

現在正好勉強一足一刀。進入了艾莉絲的攻擊距離。（註：向前踏一步就能攻擊到對方，向後撤一步就能避開對方攻擊的距離）

可是，這個距離還太遠，離必殺還很遙遠。要擊出最強的一擊，這個距離還稍嫌不足。

「……」

在艾莉絲與妮娜的對決當中，先動的一方輸了。

妮娜發出了完美的「光之太刀」，然而艾莉絲卻以速度凌駕在她之上。

但這次面對的是加爾・法利昂，這個男人再怎麼說也曾被稱為劍神，如果是他，肯定能輕易超越艾莉絲的動作。

他也有辦法微調距離，使自己巧妙地避開艾莉絲的攻擊距離，同時讓自己的劍能稍稍攻擊到艾莉絲。

但是，他不這麼做。加爾・法利昂依舊維持不動的架式。他沒有縮短距離，也沒有改變角度。他只是動也不動，觀察著艾莉絲的動作。彷彿在表示這個世界只剩下艾莉絲一樣，緊盯艾莉絲的動作。

最後，艾莉絲踏進了必殺的距離。

她站到了最有自信，能使出最強斬擊的距離。

「……」

艾莉絲的心中產生了一絲絲，真的是微乎其微的迷惘。

加爾・法利昂沒有破綻。不過，要是現在直接擊出「光之太刀」，即使是前劍神，她也有自信將對手砍倒。

可是，對手是加爾・法利昂。

艾莉絲想起了剛到劍之聖地的那天，受到屈辱的那個瞬間。幾乎什麼都沒看見，就遭到加爾．法利昂擊飛的那個瞬間。

「……唔！」

下一個瞬間，加爾．法利昂動了。

他將腰微微沉了幾公釐，在握住劍柄的手開始使力。

艾莉絲像是被這個動作吸引那般，動了。

她動了。以完美的動作，使出必殺的一擊。

「『光之太刀』！」

她使出了世界最強的劍技。

然而，在那個瞬間，艾莉絲的眼睛捕捉到了。加爾．法利昂以反手握住了劍柄。

那不是「光返」。但，毫無疑問是「光之太刀」。

是艾莉絲至今從未看過的「光之太刀」。

「水神流奧義『流』。」

艾莉絲的手有股滑開的觸感。

艾莉絲以大上段架式擊出的「光之太刀」，和加爾像是為了迎擊而揮出的神速劍撞在一起，偏移了軌道。

加爾身後的大樹被斜斜地砍成兩半。

就在劍與劍分離的前一刻，加爾所施加的些許壓力，令艾莉絲的上半身稍稍傾斜。

艾莉絲維持著揮完劍的姿勢，就這樣失去了平衡。

光是這樣就足夠了。加爾的眼中，映著艾莉絲毫無防備的首級。

他立刻使出攻擊。

或許是因為使用了不習慣的其他流派的奧義，他的劍速絕不算快。

劍速並沒有到達光速，頂多是音速。

但是在這個距離，這個範圍。

要殺死一個人，不需要用到「光之太刀」。只要使出能砍飛首級的一擊就行。

宛如斷頭台那般，手起刀落。

隨後，響起了沉重的聲音。

既可說是鏘一聲，也可說是鐺一聲的金屬撞擊聲。

劍被擋住了，儘管砍進了艾莉絲的脖頸，卻停住了。

這畫面令加爾瞠目結舌。

不知不覺間，在艾莉絲身後出現了一名男子。

有名一頭綠髮，手持灰白色長槍的戰士。

彷彿藏身於艾莉絲背後站著的他，好似守護靈那般擋下了加爾的劍。

如果，剛才那刀是光之太刀的話。

加爾一瞬間閃過這個想法，就在下個瞬間——
「嘎啊啊啊啊啊！」
扭動身體，從右腰拔刀的艾莉絲，將劍劃過加爾‧法利昂的身軀。
「……唔！」
情急之下，加爾‧法利昂往後跳。
咚的一聲著地。
「……」
然而，著地的腳並沒有連著上半身。
加爾‧法利昂的上半身飛在空中。
轉了三圈之後，才跌落地面。

★★★

加爾‧法利昂看著自己的下半身緩緩倒下。
見證了自己的敗北。
「啊啊，混帳……」
仰躺在地的加爾‧法利昂如此低喃。

他沒看到。

沒看到藏在艾莉絲身後的斯佩路德族。

不，他其實有看到。雖然看到了，卻沒有放在心上。因為他認為那種程度的對手在或不在都沒有差別。

事實上，瑞傑路德沒有看清艾莉絲的「光之太刀」。

速度如此驚人的劍閃，即使是身經百戰的英雄也無法捕捉。

可是，加爾的第二刀卻不同。

那根本不是光之太刀。只是灌注了用來砍下首級所需的最小速度以及力道的天真斬擊。

但即使如此，一般戰士還來不及擋下，艾莉絲便會身首異處。

可是在身後待命的是瑞傑路德．斯佩路迪亞。

冠以「Dead End」之名活了數百年之久，身經百戰的英雄。

他不可能看不見，沒理由擋不住。

加爾低估了瑞傑路德。而且，也低估了信賴著瑞傑路德，把背後交給他的艾莉絲。

萬一艾莉絲的內心有迷惘，對瑞傑路德會在當時幫她擋下那刀，感到僅僅一瞬間的迷惘。

想必加爾．法利昂就來得及跳開了吧。

「為什麼你不使用劍神流的技巧？」

脖頸血流如注的艾莉絲，對著仰躺在地的加爾這樣詢問。

儘管只是一瞬間的攻防，她的額頭也滿是汗水。

「因為老子覺得會輸。」

如果──

加爾從第一刀開始，就與艾莉絲一樣擺出大上段架式，發出最速的「光之太刀」，想必贏的人就是他。

但是，他沒有這麼做。無法這麼做。

加爾．法利昂的腦裡閃過的，是與吉諾．布里茲對戰的記憶。

他對自己的劍術深信不疑。

他對自己的技巧深信不疑。

這樣的自信被輕易粉碎，品嘗到敗北滋味的記憶。左手骨折，難堪地跌坐在道場的那個瞬間。周圍的視線。低頭看著自己的吉諾。

這一切，削弱了他第一刀擊出「光之太刀」的念頭。

加爾．法利昂是劍術天才。儘管冠以劍神之名，但他若是前去水神流的道場拜師學藝，他的天賦也足以令他升上水帝的程度。

因此，他使出了水神流的技巧。他看開了，也有這樣一來就能確實拿下勝利的自信。

在自稱為劍神的那個時候，他就沒辦法這麼做。因為他的言行舉止都得符合劍神之名。因為他有著身為劍神就必須使用劍神流技巧的義務感。

然而現在不同。

為了用更加確實的方法獲得勝利，他選擇以水神流的技巧架開「光之太刀」，也不會有任何罣礙。

因此，他才會以嘴巴挑釁艾莉絲，讓她先發制人。

如果是被稱為劍神的那個時候，自己絕對不會這麼做。

仔細一想，按照基斯的指示，砍飛魯迪烏斯的雙手，也是他絕不會做的事情。

恐怕齒輪打從一開始就亂掉了。

自輸給吉諾．布里茲的那一刻開始，就亂掉了。

加爾．法利昂已經沒有從前的自信。也沒有以往的強悍。

最強的劍士已經不復存在。

「和妳說的一樣，老子是膽小的雜碎。」

加爾沒有為自己辯解。

相信自己技巧的人贏了，而無法相信的人輸了。

事情就是這麼簡單。而且，他現在認為自己在戰鬥前說的那番話實在丟臉。

如果有空講那種屁話，不如快點砍下去就好了。那樣根本與雜碎沒兩樣。看在艾莉絲的眼裡，想必是比酒館的醉漢更低等的存在吧。

必須和奧爾斯帝德決鬥。不能就這樣結束，想要在最後獲得成功……雖然在這種心情的牽動之下，答應了基斯的邀請，但現在卻是這副德性，到底是哪來的勇氣想要挑戰奧爾斯帝德啊。

想到這裡，就連自嘲都沒辦法了。

「……老子到底在搞什麼啊……」

艾莉絲低頭看著這樣的他，如此心想。

真是可憐。

然後，有股難以言喻的悲傷湧上心頭。想不到從前曾震撼過她，也令她感到過一絲恐懼的男人，居然會是這種下場。

因此她這樣詢問：

「……有什麼遺言嗎？」

加爾只抬起眼睛看著艾莉絲。

紅色頭髮的女子。從第一次相見，就認為她有才能。儘管粗糙，卻覺得她擁有在基列奴之上的天賦。

但他絲毫都沒想過，這個人將來居然會殺死自己。

一直認為她是不如自己的存在。認為若要戰鬥，隨時都能贏。

「只為自己而揮的劍是純粹的，純粹的劍比任何人都要鋒利。人會改變。為了他人而揮的劍雖然很強，卻會因此受到他人左右。一旦迷惘，之後就會一直被那份迷惘束縛，導致劍變鈍。老子就是這樣。有了女人，生了小孩，栽培了弟子。思考身為劍神到底該做什麼……都是因為去想這種無聊事情，劍才會變得這麼鈍。」
加爾在逐漸朦朧的意識，感覺自己正在說出心聲。
並沒有事情想傳達，也沒有想要留下的遺言。
更不是從很久以前就已經想好死前要說什麼。
他從未想過會在這種地方死去。
只是把想到的事情說出口而已。
「艾莉絲，妳果然很棒啊。沒有變弱。看起來雖然受到束縛，卻是自由的。一直都是自由的。」
加爾咳了一聲，從嘴裡吐出血塊。
他沒有擦掉鮮血，而是將自己一直握著的劍交給艾莉絲。
「……拿去。」
「我收下了。」
毫無邏輯的行動。
但是，艾莉絲立刻收下了那把劍。死期將至的卡爾，手冰冷得嚇人。
然而，劍柄卻很溫熱。
「呼……」
確認完這幕的加爾吐了口氣。如今，他已經連呼吸的力氣也不剩了。

「自由活著的傢伙更強，真棒啊……」

他的手落到地上。

劍神加爾·法利昂死了。

「……」

艾莉絲一語不發地跪下。

她從加爾的腰間拔出劍鞘，接著將收下的劍納入劍鞘之中，掛在自己的腰間。

「呼……」

她重重吐氣，同時從懷裡取出一份捲軸。

那是初級治癒魔術的捲軸。

為了應付緊要關頭而交給她的，身上唯一的一張。她把捲軸貼在不斷流著鮮血的脖頸，灌注魔力。

傷口在一瞬間癒合了。

「……艾莉絲。」

「走吧，我們去支援魯迪烏斯。」

「嗯。」

兩人簡短地交談完後轉過身子……走了幾步之後，艾莉絲停下腳步。

她轉頭望去。

映入眼簾的是化為悽慘屍體的加爾．法利昂，艾莉絲見狀握緊拳頭。

然後詠唱了咒語。

很久以前，魯迪烏斯曾經說過唯獨這個絕對要記住，與基列奴一起練習過無數次的魔術。

「──『火球(Fire Ball)』。」

從艾莉絲手中釋放的火球，點燃了加爾．法利昂的屍體。加爾．法利昂的屍體被火焰團團包圍，但艾莉絲並沒有看到最後。

她轉過身子，快步離開現場。

火焰延燒到附近的樹上，不斷竄起有如狼煙般的煙霧。

沒有任何人來妨礙，直到火勢自然熄滅為止，一直一直……

第五話「三世 vs 二世 + α」

鬼神馬爾塔橫衝直撞。

掃倒一棵棵的樹木，將地面連根挖起，猶如暴風那般暴動的巨鬼。我們宛如遭到餘波沖走那般，遠離了戰場。

負責應付他的，是札諾巴與杜加。

因為鬼神單純就是個靠力量的怪物，所以很適合他們。畢竟以力量來說，沒人能贏過身為神子的札諾巴，而且杜加也很擅長對付會打接近戰的對手。我想……大概不用擔心吧。

基本上，我也沒有餘裕擔心別人。

站在眼前的，是七大列強第七位，北神卡爾曼三世。

亞歷山大・雷白克。

同時也是把我打落山谷的雙人組之一。更何況我現在沒有一式，二式改也不完全。

不是可以大意或手下留情的對手。

我必須先下手為強。

從泥沼開始——

「等等！」

正當我這樣想的瞬間，北神卡爾曼三世喊出了暫停。

可是，對手是北神流。這種對手很有可能假裝叫暫停卻發動奇襲。

我默默地設置了泥沼，緊接著發射岩砲彈。

「在戰鬥之前，先稍微談一下吧！」

岩砲彈被輕而易舉地彈開。

不對，是偏掉了？

總之，岩砲彈在半空改變了軌道，遭到彈開。而且明明我在那傢伙腳邊設置了泥沼，他的腳卻沒沉下去。

這就是北神的力量嗎？

不，不對。我聽過王龍劍的能力。

「你會生氣也是情有可原。雙手遭到砍斷，又摔落了谷底，肯定是滿心想要立刻開打。不過，請你先等一會兒。等我把話說完，就會立刻應付你的。就算是像你這樣的雜碎，好歹也可以在強者交談的時候稍微等會兒吧？」

居然說……雜碎！竟敢小看我，看我把你碎屍萬段！

不過，我無法這麼憤慨。

確實，以七大列強的角度來看，不能否定我只是個雜碎。或許是因為最近被捧得太高，這種感覺反而很新鮮。

「……」

以我的立場來說是不太想等。

畢竟他的目的或許是爭取時間，而且我想盡可能快點戰勝他，去支援其他伙伴。

我這樣心想，但依然退了一步，給香杜爾使了個眼色。

如同亞歷山大還沒行動，他也還沒有動作。若是他不願意戰鬥，光靠我一個人是贏不了的。

「沒辦法了。」

香杜爾聳了聳肩往前走去。

「……所以，你有什麼事嗎，這位陌生人？」

「陌生人？比任何人都了解你的我，是陌生人？」

「我想我們是第一次見面吧？」

「我和你第一次見面，是在我從媽媽的肚子裡出來的時候喔，爸爸。」

香杜爾明顯是在裝傻吧。

「爸爸，請你適可而止。即使你戴著那種難看的頭盔我也知道的……」

既然我被人神偷窺過，亞歷山大想必也知道吧。

「你是北神卡爾曼二世。亞歷克斯·雷白克！」

「亞歷小弟。那種話，要等我脫下頭盔後再說啊。」

說完這句話，香杜爾一邊嘆氣一邊脫下了頭盔。

黑髮的中年男性。亞歷也是黑髮。重新看了一下，兩個人確實很像。

「你應該先打倒我，然後說著『真是厲害的對手，最後好歹看一下他的臉吧』接著拿下頭盔……」

「那種事無所謂！我以為你早就死了……你一直以來到底都在做什麼啊！」

「……我一邊收弟子，一邊隨興地教導武術。最近，我受到阿斯拉王國的愛麗兒陛下感召，當上了騎士。」
「弟子？把這把劍託付給我，捨棄了北神流的你，居然收了弟子？」
亞歷小弟的臉滿是怒意。
儘管我不清楚他們兩人有什麼過節，但是香杜爾說的話好像踩到了他的地雷。
「亞歷小弟，我並沒有捨棄北神流喔。」
「少騙人了，你現在甚至連劍也沒拿！」
「唔——」
香杜爾舉起自己手上的棍子。那是金屬製的棍子，我記得他說過那只是普通的棍子，但難道有某種特殊能力嗎？雖然看起來並沒有。
「我倒是覺得拿這個會比較強啊。」
「！你在戲弄我嗎！你說那根棍子，會比這把王龍劍還強？」
「並不是那樣喔，亞歷小弟。那把劍是當今世上最強的。關於這點，百年來持續揮舞著那把劍的我是再清楚不過了。」
「那你為什麼這樣說？」
「因為，那把劍強過頭啦。」
對亞歷山大的提問，香杜爾這樣回答。
他說得理所當然。彷彿在訓斥他這種事情顯而易見。

「只要有那把劍在手，無論是再巨大的魔物，多麼敏捷的怪物，多麼堅固的戰士，都不是對手。我在無數的戰鬥中勝利，成為了英雄。」

香杜爾頓了一拍，目不轉睛地看著亞歷山大。

「不過，我有次突然停下腳步這麼想。我成為了英雄。可是在得到那把劍之前的我與之後的我，是不是沒有任何改變？究竟北神卡爾曼二世亞歷克斯・雷白克，真的很強嗎？這樣。」

隨後，香杜爾低下頭。

「沒錯，一旦意識到這點，我就沒辦法像以前那樣戰鬥。當然，我並不是要否定自己以前的戰鬥以及那群伙伴……可是我認為身為英雄的我已經結束了。所以，才會把『身為英雄的北神』託付給你，而我則打算去推廣『北神卡爾曼一世的教誨』。」

總覺得我好像是局外人。

雖然我不是很懂，但身為父親的亞歷克斯（香杜爾）對戰鬥感到厭倦，決定放掉身為自身象徵的那把劍去推廣流派。相對的，孩子（亞歷山大）似乎對此感到很生氣。

嗯，也不是沒辦法理解。

突然被託付那種沉重的東西，然後父親就消失不見，也難怪他會生氣。

放棄育嬰是不行的，絕對不可以。

「你的成果，就是那個奧貝爾，那個奇詭派嗎？」

「那也是北神卡爾曼一世所開示的一條路喔。」

「我才不承認奇詭派。那種東西，才不是北神流。」

亞歷山大搖了搖頭，毫不掩飾內心的不滿。

奧貝爾啊……的確，那不是劍士，真要分類的話算是忍者。

「說穿了，那根本連劍術都不算吧？」

「北神卡爾曼一世雖然用劍，但他教過，沒有拘泥於劍的必要。」

「所以你的意思是因為這樣，你才會用那種棍子嗎？」

「沒錯，用這個的話，就能實際感受到自己在逐漸變強。而且實際感覺到自己成長，人就會變得更強。」

「……我不懂你的意思。」

亞歷小弟似乎很不滿。

或許是因為他還年輕。對於自己認定的事情，就不會說No。

「所以，亞歷小弟。我倒想問問，你為什麼會在這裡？」

「我是為了打倒奧爾斯帝德而來的。我要打倒龍神，成為七大列強第二位。」

「你的志向真遠大啊。身為你的父親，我也感到與有榮焉。」

香杜爾一邊微笑一邊稱讚亞歷。

香杜爾先生？不好意思，是很引以為傲沒錯，但你是這邊的人吧？

應該不會突然說什麼「那我來幫你吧」就投靠敵人吧？

「這次我雖然是你的敵人，不過要是你漂亮地打倒我，就可以去挑戰奧爾斯帝德。」

「當然。即使得面對爸爸，我也會取得不愧於北神卡爾曼三世的名聲給你看。」

不愧對北神之名的名聲是什麼啊？

雖然我有這種想法，但要是父親與家人都很偉大，自然也會有在意的地方吧。

只是以我的立場來說，沒辦法幫他加油就是了。

「不僅這樣，我還要把被視為惡魔的斯佩路德族全部消滅！」

「嗯？斯佩路德族不是惡魔啊。你也到村子來看過一次了吧？」

看到香杜爾歪頭表示不解，亞歷像是有正當理由那般點頭。

「那根本無關緊要。斯佩路德族是有名的惡魔。只要能毀滅他們，我的名字就能世世代代作為英雄傳頌下去。」

「這不是英雄會做的事。」

「說得沒錯。可是我只能不擇手段。否則，我無法超越爸爸的豐功偉業。無法超越北神卡爾曼二世的名號。」

「意思是你超越我的名號，就是成為英雄？」

「沒錯！」

香杜爾半開著嘴巴，就這樣轉向這邊。

然後，他低下頭。

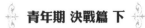

「實在很抱歉，魯迪烏斯閣下。我本來以為可以說服他的，可是這個笨兒子似乎比我想像中還要笨。」

「……好像是這樣呢。」

看來他似乎受到英雄這個字眼擺布。

他並不是打算做出像英雄的舉動來成為英雄，只是想聲名大噪，受到他人吹捧罷了。

這樣肯定會有人想告訴他「不是這樣的」。雖然我沒辦法好好說明，但不是這樣的。

「阻止他吧。」

「是。」

香杜爾戴上頭盔，架好棍子。

為了從他的後方支援，我攤開雙手。

亞歷依舊是板著一張臉，瞪視著我們兩人。

自己的做法遭到否定，對方還露出傻眼表情把自己當作笨蛋，想必他內心正湧起無處發洩的怒火吧。

「……你以為靠那種棍子，附帶一個不成氣候的累贅，能贏過手持王龍劍的我嗎？」

「嗯，那當然。我要教訓你。」

香杜爾自信滿滿地放話。

聽到教訓這個字眼，終於讓亞歷爆發了。

「別小看我！」

北神二世與北神三世的戰鬥就此展開。

★★★

「噠啊啊啊啊！」

先出手的是亞歷。

他一派輕鬆地揮舞巨劍，以袈裟斬砍向香杜爾。

「喔喔喔喔！」

香杜爾用棍子順利架開那壓倒性的質量。

亞歷的姿勢不穩，變得毫無防備……並沒有。他以驚人的平衡感改變身體的方向，再度攻向香杜爾。

而香杜爾的動作似乎也預測到了這點。

亞歷一邊迴轉一邊使出猶如暴風般的攻勢，但是香杜爾再度閃開。

而且，他在閃開攻擊的同時利用這個原理，掃倒了亞歷的腳。

亞歷轉眼間便失去平衡……並沒有。

亞歷的身體像是要飛越香杜爾那般浮在空中，接著以超乎常理的速度降落地面。他的動作根本亂來。
但是我知道。這就是魔劍——王龍劍卡夏庫特的能力。
「重力操作」。
「唔呀啊啊啊啊！」
可是，香杜爾對應了這招。
他背對敵人，閃開王龍劍的一擊，閃開、再閃開，並在這個過程當中逐漸改變方向，面對亞歷。
亞歷的一擊並不是可以輕易避開的攻擊。
他每踏出一步就會震開地面，周圍的大樹會受到斬擊的衝擊波劃開，發出劇烈聲響一棵棵地倒下。
我站的位置稍遠，可是他攻擊產生的真空波甚至能劃開我的臉頰。
只不過，他的攻擊卻打不中香杜爾。
雖說引退了，但好歹也是北神，他不慌不忙地持續閃開亞歷的斬擊。
操控重力的亞歷動作自由自在，宛如雜耍那般無法預測。
而且，香杜爾也並非站著不動。
乍看之下好像動也不動，但其實他像是在晃動那般一點一點地移動身體，藉此取得有利的位置。

這就是北神之間的戰鬥嗎？

速度並沒有那麼快。

或許是因為和艾莉絲與奧爾斯帝德訓練所累積的成果，我看得見他們的動作。

雖然看得見，但動作過於高深莫測，實在很難從旁支援。

「不算什麼！」

「喝啊啊啊啊啊！」

不過話說回來，這兩個傢伙好吵啊。

沒時間胡思亂想了。我調整呼吸，仔細看著兩人的動作。如果目前兩人勢均力敵，就有可能因為我的介入而左右戰況。

他們兩人的動作，即使是用預知眼也很難預測。

可是，姑且不論亞歷，我還是能看出香杜爾的動作。

他將動作幅度壓到最低，與亞歷相比更容易預測。

有一定的規則。

往右，往左，當對手繞到正後方時會照這樣的規律……

「就是現在！」

我發出岩砲彈。

岩砲彈發出嘰的一聲筆直往前飛去，命中了亞歷。

不對，沒有筆直，也沒有直接命中。

被轉向了。儘管劃過亞歷的鎧甲，卻滑過表面消失在森林深處。

可是，亞歷的姿勢崩了。

「喝啊！」

香杜爾沒有放過這個機會，使出一擊打中了亞歷的心窩。

「唔……！」

然而，亞歷在發出沉吟的同時跳躍，一直線地衝向我這邊。

好快！

「雜碎少來礙事！」

〔銳利的踏步，從斜上方使出斬擊〕

我一邊以預知眼確認，同時用剩下的護手彈開攻擊。

「唔……」

擋住攻擊的瞬間，一股驚人的重量加諸到我的腳上。

護手碎裂，膝蓋跪地，左手遭到砍飛……

本來我這樣想，可是黑色的手卻發出喀哩喀哩的聲響將劍彈開。

阿托菲之手，實在堅固。

「那隻手……！難道是奶奶的？」

「『電擊』！」

我用另一隻手以蓄積的魔力釋放電擊。

紫電竄過亞歷的身體。接著我為了在極近距離賞他的臉一發岩砲彈，在左手灌注魔力。

「喝呀啊啊啊啊！」

然而，亞歷的動作沒有停止。

他身體後仰，閃過我的岩砲彈，同時以單腳迴轉朝我的腳發出斬擊。

我反射性地跳開迴避。

然而就在這時，亞歷已經重新調整好姿勢。

要將我的脖頸一刀兩斷的一擊逼近。

「喝啊啊啊！」

在千鈞一髮之際，香杜爾殺到亞歷的旁邊，以棍子頂過去。

亞歷一邊迴轉一邊朝側面飛了出去……可是，他再次以無視重力的軌道輕盈地落到地面。

「……呼。」

乍看之下似乎毫髮無傷。

而且電擊也沒有什麼作用。

是劍的力量嗎？或者是鎧甲的性能？難道他是在逞強？亦或是鍛鍊的方法不同？再不然是連身體構造都異於常人嗎？理由是什麼都不足為奇。

「看來我太手下留情了呢。稍微拿出點真本事好了……」

亞歷說了就像輸了千百場的格鬥遊戲玩家會說的話，不過狀況並不壞。

照這個樣子，並非沒辦法取勝。由香杜爾擔任前衛戰鬥，而我負責支援。

只要每次過招都能一擊一擊地給予傷害，他總是會有倒下的時候。

北神卡爾曼三世。儘管他非常難纏，但香杜爾也很強。

如果他們兩人的實力不分軒輊，自然會因為我而帶走勝利。

我可不是累贅！

「不妙呢。」

雖然我正這樣想，但香杜爾的話聽來卻很不可靠。

不會吧？現在不是我們占上風嗎？香杜爾目前毫髮無傷。

我在剛才的攻防當中雖然失去了札里夫的護手，但阿托菲之手的性能少說也與它相同。

還有得打。

「他為了待會兒與奧爾斯帝德大人戰鬥，其實保留了實力。接下來應該會慢慢地提升力量吧。」

啊啊，可惡。

原來他真的有手下留情啊？看樣子他真的覺得我很廢。

「洛琪希閣下大概還要花多久時間？」

「不曉得。」

要是準備完成就會通知我，而且已經過了半天，我想應該差不多可以了才對。只要對手沒有打倒艾莉絲或札諾巴，衝到洛琪希那邊大殺四方的話。

「他比我記憶中還要強上許多。看來我剛才把話說得太滿了呢。」

香杜爾沒什麼自信地這樣說道。

真希望他別說那種話，再堅持一下。我會努力支援的。我會努力讓自己別變成累贅。而且會像氦氣球那樣減輕你的負擔的。不過我沒辦法操控重力，只有心情上可以假裝一下。

「總之，我們爭取時間吧。」

「了……了解。」

簡短商量之後，香杜爾往前突進。亞歷也像是呼應他的動作般奔跑過來。

「唔喔喔！」

「噠啊啊啊啊！」

然後，又開始互擊。

但就如香杜爾所說。儘管乍看之下看不出什麼變化，但是香杜爾卻慢慢地無法完全彈開斬擊。每次擋下，他的姿勢都會慢慢失去平衡。這是因為亞歷發出的斬擊等級改變了。雖說看起來一樣，恐怕是變得更加沉重吧。

既然香杜爾屈居劣勢，我的岩砲彈也無法直接命中亞歷。

要不是被架開，就是被彈開，再不然就是避開。
這些狀況變得愈來愈明顯。
「……」
我放棄使用岩砲彈。
取而代之，我用魔術操作土壤。總之得先讓他停止那種蹦來跳去的不規則空中運動。這樣一來，香杜爾也會稍微輕鬆一些，能用的戰術也會增加。
到最後，我的岩砲彈自然也能打中。
為此——
「『土槍』！」
我像是要包圍兩人的周圍那般，在四方製造土柱。
然後，再從那個上面——
「『土網（Earth Net）』！」
我在香杜爾的頭上大約五十公分的地方，製作出土網。一旦擋住上方，那個不規則跳躍也……
「煩死了！」
一瞬間就被敲壞了。不行嗎？
「怎麼了爸爸！你只有這點程度嗎！」

不妙。香杜爾逐漸被逼到絕境。

不是技術的差異。毫無疑問是差在武器。每當王龍劍打出一擊，香杜爾的棍子就逐漸扭曲變形。

我慌張地以岩砲彈支援，但果然被偏掉了。或許是因為他決定要待會兒再對付我，就算多少有擦到也被他完全無視。

糟糕，這樣下去甚至沒辦法爭取時間。

只會一直挨打，最後輸掉。

「嘎啊啊啊！」

就在這時。

從亞歷的旁邊，一道黑影猶如彗星般飛撲過來。

一頭紅髮的女性以雙手持劍，使出渾身解數攻擊亞歷。

亞歷雖然擋下這擊，卻挨了香杜爾的一擊，被打飛到後方。

這時，紅髮劍士展開追擊。亞歷無視重力著地之後，立刻揮舞巨劍。

紅髮劍士無法對應這擊。

「呼……！」

但是在她的身後，如影隨形地跟著她的綠髮戰士架開了斬擊的軌道。

「嘎啊啊啊！」

狂犬嘶吼，鋒芒乍現。然而朝向脖頸的一擊，卻遭到不可視的某種力量偏掉。
劍雖然砍進了肩膀，但意外堅固的鎧甲擋下了這擊，只讓他受到擦傷。
狂犬沒有窮追猛打。她一看到攻擊失敗，立刻退到背後。
緊接著，巨劍掃過她剛才所處的位置，削下了幾根頭髮。
拉開了距離。
紅髮與綠髮背對著我，站在前面。
「魯迪烏斯，讓你久等了！」
艾莉絲稍微瞥了這邊一眼，這樣說道。
瑞傑路德雖然沒有回頭，但想必已經用第三隻眼確認過我是否平安了吧。
他們來幫我了。如果我是少女，馬上就會一見鍾情了吧。
抱緊我！粗魯地對待我！
「怎麼會……」
當我變得像少女的時候，亞歷擺出了震驚的表情。
不，應該說他受到了打擊。
「難道說，加爾．法利昂被幹掉了？」
是這樣嗎？我望向瑞傑路德，然後他點了頭。
真的假的？艾莉絲和瑞傑路德雖然是兩人聯手，但他們打倒了劍神嗎？

「就算他從劍神的寶座退了下來，也不該這麼輕易就被幹掉啊……看樣子，我太高估那個人了。」

儘管亞歷講的話很傲慢，但他的神情顯得很落寞。

仔細想想，在把我推落山谷時，這傢伙和加爾的感情好像也不錯。

「雖然只相處了短暫的時間……但他明明是個好人啊……」

亞歷身上的氣氛變了。

與之前截然不同。沒有那種想保留實力戰勝我們的感覺。

「我以為他會立刻收拾這兩個人，和我一起挑戰奧爾斯帝德的……」

亞歷擺好架式，深深地沉下腰。

有什麼要來了。

察覺到壓倒性的氣息，不論艾莉絲還是瑞傑路德都沉下腰保持警戒。

但是，事到如今才打算拿出真本事，也已經太遲了。

除了我與香杜爾以外，還有艾莉絲和瑞傑路德。

四對一。即使是手持最強之劍的七大列強……

「右手於劍。」

亞歷高舉拿在右手的劍，劍尖朝向天空。

「左手於劍。」

亞歷的左手，握住劍柄。
雙手持劍。他把至今一直以單手揮舞的那把巨劍用雙手握住。這個就是他真正的戰鬥風格嗎？
「不好！快逃！」
香杜爾嘶吼一聲，跳到了旁邊。
但是，太遲了。
「以此雙臂匯聚，盡滅森羅萬象之命，賜予唯一之死。」
將王龍劍以大上段架式舉著的亞歷。
「吾乃北神流，亞歷山大．雷白克。」
回過神來，身體已經浮在空中。
不只是我。連艾莉絲、瑞傑路德，甚至是打算跳到旁邊的香杜爾，所有人的身體都浮到了半空。
當然，原本飄落在周圍的樹葉以及樹枝，也全都浮在空中。
這是王龍劍的重力操作。
既無法下降，也無法繼續往上移動。就算手腳不斷掙扎，甚至連從原地退後也辦不到。
在完全無防備的狀態中，我看到亞歷灌注了全身的力量。
「此時此刻，一報盟友之仇！」

糟糕。

當我這樣想時，身體擅自動了。

我在兩手灌注魔力，發出衝擊波，將艾莉絲、瑞傑路德以及香杜爾吹到遠方。再來，立刻用手勾住飄在身旁的札里夫護手的殘骸，把鑲在前端的吸魔石對準亞歷。

劍與我之間的某種存在頓時消滅，我回到了地面。

緊接著我把吸魔石扔掉，以雙手擊出我所有的魔力。

朝著現在即將揮下巨劍的亞歷——

「奧義『重力破斷』。」

轟聲與閃光。

——我的意識在此中斷。

★　★　★

清醒時，我人在樹上。

知道自己遭到震飛，是因為我的腳骨折了。

腳部零件徹底粉碎，腳也彎到奇怪的方向。

不只是腳。身體零件也損壞了大半，胸口斷斷續續地傳來痛覺。

恐怕是肋骨斷了吧。

「咳噗……啊——啊——」

雖然咳個不停，胸口也感到疼痛，但不至於發不出聲音。

我立刻詠唱治癒魔術，治好傷勢。

「我被震飛到哪了……唔喔！」

當我想起身之時，支撐我的樹枝正好斷掉。響起了啪嘰啪嘰的聲響，跌落相當高的距離。

可是，卻還沒掉到地面。看來我被震到相當高的地方。

正當我這樣想時，看見了地上。

「……」

大坑洞映入眼簾。

直徑約莫二十公尺的坑洞出現在山谷旁邊。

之前沒有那種東西。是剛剛才形成的。恐怕是因為剛才的那擊。

「真的假的？」

這時，我不經意地轉頭。

看見斯佩路德族的村子那邊，發出了一道光芒。那是我熟悉的光。

「那是……唔喔！」

樹枝又折斷了。

我不斷撞上樹枝，這次一路摔到地面。

「好痛……」

明明才剛使用治癒魔術，結果又受傷了。

我立刻重新詠唱治癒魔術，治療傷勢。

不管怎麼樣，我得先掌握狀況才行。

艾莉絲怎麼樣了？瑞傑路德呢？香杜爾呢？

還有，亞歷呢？

「！」

我起身之後，立刻注意到眼前有人。

我渾身一顫，但立刻擺好架式。可是，眼前的人物並不是敵人。

「香杜爾先生！」

「魯迪烏斯閣下……可以也幫我用治癒魔術嗎？」

他渾身是傷。

鎧甲半毀，頭盔碎裂，頭上淌著鮮血，左手也無力地垂著。

「嗯，那當然。」

我用手觸碰他的身體，發動治癒魔術治好傷勢。

「多謝。」

「艾莉絲和瑞傑路德呢？」

聽他道謝時，我也立刻問了另外兩人的狀況。

就連香杜爾都傷得這麼重。艾莉絲他們也不可能安然無事。

「只有輕傷。幸好有魯迪烏斯閣下幫忙拉開距離，應該不需要對他們用治癒魔術。不過他們還躺在那邊不省人事。」

聽到這個報告後讓我鬆了口氣。

「那麼，北神卡爾曼三世呢？」

「他似乎以為打倒了我們，就繼續前進了。」

「他不打算給我們最後一擊嗎？」

「剛才那招是北神流最強的必殺技。他應該是認為沒有那個必要吧。」

把我打落山谷時也是，總覺得他實在少根筋。

不過也可以說我們是多虧這樣才得救的……

可是，現在讓他過去奧爾斯帝德那邊了。

如果是奧爾斯帝德跟他交手，十之八九會贏吧。我想他在至今的輪迴當中，應該也曾經和手持王龍劍的亞歷山大打過。以路線考量，若是沒有必要就不會積極地和他戰鬥，但肯定會和打倒水神列妲時一樣，不費吹灰之力就打倒他吧。

可是，剛才的那擊。

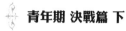

斯佩路德族的村子裡面，還有其他成員。

才剛大病初癒的斯佩路德族、茱麗以及諾倫……

萬一奧爾斯帝德為了保護他們而擋下那招劍技，或者是將其彈開，他應該也會耗掉相當多的魔力。

防守戰比進攻戰更為困難。假如奧爾斯帝德不願保護大家，那就意味著大家必死無疑。

「香杜爾先生，你還能戰鬥嗎？」

「你打算過去嗎？」

「戰鬥還沒結束。我剛剛看到森林裡發出亮光，那是召喚光。如果洛琪希準備就緒，勝負從現在才開始。」

我才剛說完，一名綠髮男子便從森林深處跑了過來。有兩個人，都是斯佩路德族的戰士。都不是瑞傑路德。對方一看到我們，便立刻走近。

「洛琪希傳話，召喚成功。」

「好。」

我點了點頭。

「那麼，我先過去絆住他的腳步。」

「請不要勉強。」

「我知道。」

簡短交談之後，香杜爾便往前衝去。

「那邊那位，麻煩你照顧艾莉絲與瑞傑路德。等他們清醒，再告訴他們過來支援。」

「是！」

「麻煩你負責帶路。」

「是！」

我把艾莉絲與瑞傑路德交給點頭答應的斯佩路德族，而我與另外一名戰士一起衝向洛琪希身邊。

跨越樹根，穿過草叢，一直線前進。或許是因為魔導鎧碎裂，速度沒那麼快……是說，搞不好已經喪失了所有功能，好重。

所以我在途中脫下魔導鎧「二式改」，以輕裝奔跑。

北神卡爾曼三世比想像中還強。但是，我不能在這裡退縮。

現在是關鍵時刻。

「魯迪烏斯……！」

抵達了目的地。

洛琪希並不在那裡。留在現場的，只有斯佩路德族的戰士以及艾莉娜麗潔。

那麼，代表事情按照計畫進行。

「你看起來好嚴重啊……」

儘管用治癒魔術治好了傷口，但看到鎧甲與衣服都破破爛爛的我，艾莉娜麗潔不免錯愕。可是，她立刻擺出嚴肅表情。

「已經準備好了。」

在她的身後。

那裡有道看起來臨時畫的魔法陣。

魔法陣已經失去光芒，而上面的紋樣與在地龍之谷的谷底變得無法使用的其中一份捲軸的相同。

捲軸製作者的名字，是洛琪希·格雷拉特。

那道魔法陣已經被摧毀。

是被魔法陣上面那副巨鎧的重量毀壞。

那副鎧甲是魔導鎧。為了以防萬一，預測魔導鎧可能在戰鬥中遭到破壞，而事先複製的魔導鎧。

由於事務所的武器庫沒地方放，那台才會勉為其難地擺在工坊。

唯一在事務所遭到破壞時逃過一劫的王牌。

「你要的魔導鎧『一式』。」

來吧，第二回合。

第六話「北神三世 vs Dead End ＋α」

我啟動一式，追趕北神。

在森林當中，我避開樹木，一心追趕著北神。

我一邊奔馳，一邊大略地確認體內的魔力。儘管經歷與北神的戰鬥有所消耗，但那種程度根本用不到一成。魔力還綽有餘裕。

但是，和北神戰鬥的期間未曾間斷的巨響，也在剛剛消失了。

札諾巴與杜加。即使他們再怎麼適合對付鬼神，但要與神級的對手戰鬥或許還是太勉強了。

希望他們沒事。

不過，萬一他們倆被幹掉……

北神與鬼神。到時就不得不同時應付這兩個人。

我的魔力夠嗎？會不會和當初與奧爾斯帝德戰鬥時一樣，打到一半就耗盡了呢？

不，現在是關鍵時刻。先別考慮之後的事吧。要從眼前的事開始逐一完成。

首先是第一目標。

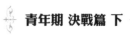

北神卡爾曼三世。

★★★

我抵達現場的時候，香杜爾已經敗下陣了。
他的背靠在樹上癱坐在地，筋疲力盡地低著頭。
手上沒有武器。那根棍子已經斷掉，落在一旁。
亞歷山大低頭看著他。北神卡爾曼三世完全壓制了前任北神。
「爸爸，你要玩到什麼時候？你應該也明白吧？起碼也得拿把魔劍級別的武器，否則你是贏不了我的。」
香杜爾沒有回答。
難道他已經暈過去了？我想應該沒有死才對。
「或者說，這也是作戰的一環嗎？裝死。奇詭派的人都很擅長這招對吧？無論做什麼都要贏，藉此達成目的。我也認為這個態度很了不起。不過老實說，我覺得奧貝爾他們的做法太誇張了……可是爸爸，你明明教導他們那麼做，為什麼還要否定我呢……」
香杜爾沒有回答，只是保持沉默。
「那麼，我也差不多該走了。」

亞歷這樣說完轉過身子，面向我這邊。

「……咦？」

露出了彷彿遇到熊的表情。

出其不意的遭遇。這種傢伙應該不會出現在這種地方。怎麼會，魔導鎧應該沒辦法用了才對啊，就是這樣的表情。

「兒子啊，我回答你的問題。」

然後，過了幾秒。

在亞歷愣住不動的時候，香杜爾已經挺起身子。

「遊戲結束了。如你所說，不用魔劍的話贏不了你。所以，我向艾莉絲小姐借了一把。不過，充其量也只是最低條件。只靠一把魔劍，勝算依舊薄弱。所以我才會等。死纏爛打，拖住你，甚至不惜裝死，也一直在等。這都是為了確實拿下勝利。」

香杜爾說著說著，從腰間後面拔出了一把劍。

那是艾莉絲擁有的另一把劍。

魔劍「指折」。

「為什麼要否定你？那是因為你明明以成為英雄為目標，卻準備染指與英雄相去甚遠的行為。如果是英雄，就該像個英雄，不該用姑息的手段撿走勝利，也不該藉由屠殺弱者揚名立萬，而是要面對比自己巨大的敵人，挑戰毫無勝算的戰鬥，然後獲得勝利，掌握榮耀。不是像我，而是要像北神卡爾曼一世那樣。」

香杜爾散發出超然的氛圍，將劍拔出劍鞘，擺好架式。

魔劍「指折」是把短劍。然而架著這把劍的香杜爾，看起來儼然是個配得上北神之名的強者。

相對的，亞歷則是透過肩膀瞥向身後。

「原來如此。援軍是嗎……確實，基斯曾說『別讓魯迪烏斯坐上魔導鎧』。可是，他的意思充其量也不過是別讓對手處於最佳狀態。不過才兩個人，你以為就能贏過我，贏過這把王龍劍嗎？」

「誰說是兩個人了？」

香杜爾話語剛落，就像是要回應這句話那般，草叢有了動靜。

兩名男女從該處走了出來。

是紅髮女子，以及綠髮男子。艾莉絲以及瑞傑路德。

想必是在我去取魔導鎧的這段期間，他們也從昏迷中清醒了。儘管身上還帶著傷，但他們倆比我來得強壯。不會對動作造成影響。

「……」

艾莉絲稍微瞥了我一眼。

那道視線很強，而且別具含意。

那是在表示背後就交給我了，充滿信賴的眼神。瑞傑路德也是，與艾莉絲送出了相同視線。

儘管他應該是第一次看到魔導鎧，但想必是透過第三隻眼知道是我吧。

而且對我會支援一事，理所當然地寄予厚望。

當然，我會徹底支援包含香杜爾在內的三個人。

連魔導鎧「一式」都搬出來，能做的卻只有支援，我自己也覺得這樣很丟臉。

可是，我們從以前就一直是這麼做的。以艾莉絲為中心，瑞傑路德控場，而我負責支援。

無須多言。

儘管裡面參雜了一名閒雜人等，但這是最棒的陣形。

「上吧，第二回合。」

香杜爾這句話，開始了我們與北神的第二回合。

★ ★ ★

率先發動攻擊的是艾莉絲。

她一如往常以最短距離劃出最快的劍擊，逼近亞歷山大。

亞歷將攻擊架開。

我完全看不清她所發出的斬擊。然而，亞歷山大卻不慌不忙地架開攻擊，偶爾還會使出反擊。儘管艾莉絲的攻擊看起來毫無間斷，但只是我無法反應，實際上確實有空隙。

可是，對手的反擊也被一一擋下。

是瑞傑路德。每當亞歷山大使出反擊，他就會揮舞長槍使對手的攻擊失效。

瑞傑路德在艾莉絲的身後移動。無論艾莉絲犯下多少次失誤，只要有瑞傑路德在，對方就無法趁勝追擊。

但是，亞歷有時會無視重力。

本來以為他失去了平衡，卻又以明顯詭異的動作連續攻擊，再不然就是展開防禦。想說他以誇張的迴避動作使出猶如特技雜耍般的移動時，卻又突然緊急落下轉守為攻。這樣的動作，即使是實力高強的瑞傑路德也無法應對。

而瑞傑路德無法應付的動作，就由香杜爾擋下。由那個比任何人都了解操控重力時會做出什麼動作的北神卡爾曼二世來防禦。

亞歷山大肯定也很吃力。

我方會瞄準他的著地位置或是趁他還在空中時攻擊。儘管他能避開直擊，卻無法如願架開攻擊，到頭來只是不斷地在消耗體力，徒增傷口。話雖如此，一旦拉開距離就會成為我魔術的靶子。我的岩砲彈就連那個奧爾斯帝德也無法徹底閃開，雖然會遭到王龍劍偏移軌道，但只要在命中前一刻使用吸魔石就可以讓他反應變慢，可以確實地擦過幾發。

雖說沒有直擊，但異常猛烈的砲火絆住了亞歷山大，阻止他與艾莉絲等人拉開距離。

儘管我在以為會紮實命中的時機發出的「電擊」被他架開，但我依然不會給亞歷山大喘息的機會。

因此，他沒有機會使出剛才所用的那招「必殺技」。

「唔……！」

亞歷山大不論速度還是力量，都比在場的任何人來得出眾。

可是，或許是因為他感到著急，感到焦慮，動作雜亂無章。整體動作開始慢慢顯得粗糙。

相對的，我方的攻擊確實且穩定，而且也穩定地對他造成傷害，戰局顯然對我們有利。

不需要做多餘的舉動，雖然話是這麼說，但我們缺乏能夠打倒他的決定性關鍵。

所以，一旦繼續打這種消耗戰，總會有百密一疏的時候。

體力以及魔力。只要戰鬥拖長，自然就會慢慢減少。

自這場戰鬥開始之後，最勉強自己的是誰？自這場戰鬥開始之前，體力消耗最多的是誰？

這點在戰鬥開始經過一陣子之後，如實地呈現出來了。

「……唔！」

艾莉絲的臉上出現傷口。

只是一點擦傷。然而隨著時間經過，變得愈來愈多。

她就是體力不支的那個人嗎？

不對，漏洞只有一個。

就是香杜爾。

北神卡爾曼二世。過去曾被稱為七大列強的這個男人，現在成了陣形的漏洞。

但這也無可奈何。與三世戰鬥、接下必殺技，還保護了艾莉絲與瑞傑路德，而且在我們趕來之前的這段期間，他也一直拖住北神卡爾曼三世，如今已經疲憊不堪。

即使從旁觀的角度，也可以看得出他的動作沒那麼俐落。

不，即使如此還是在動。他完美地盡著自己的職責。

或者說，是因為亞歷山大的動作還不純熟，所以他才能勉強盡到自己的職責。但既然是人，自然會有極限存在。

艾莉絲自是當然，就連以預知眼預測對方動作的我，甚至是身經百戰的勇者瑞傑路德，也都開始喘著大氣。

這是場嚴苛的戰鬥。

因為這場攻防戰一直處於拉鋸狀態。

再過個十分鐘，想必香杜爾就會到達極限。

「……」

可是，還有餘力。

與剛才不同，我現在穿著魔導鎧一式。

視線變高，更容易看清狀況，而且支援的方式也變得更廣。

既然香杜爾體力不支，只要我把現在的動作改成以支援香杜爾為主就好。

以攻擊模式來說，就是交叉使用正下方攻擊的土槍，以及正上方的真空波。

然後，也提高使用吸魔石的頻率。

雖說亞歷山大能無視重力，做出三維空間的移動，可是那終究是仰賴王龍劍的力量。而且吸魔石對王龍劍的力量有效，這點也經過證實。

儘管提高頻率會減少我支援的次數，但也可以限制亞歷的動作。

以結果來說，香杜爾的負擔將會減少三成。

雖說三成的比重很大，但終究是三成。並非能恢復體力，藉此分出勝負。

我們占有優勢。但是離勝利還很遠。

所以，我必須繼續思考對策。

……乾脆一直發動吸魔石算了？

要是這麼做，我也沒辦法使用遠距離攻擊，可是以魔導鎧一式的能力，也能進行接近戰。

只要封住他那種雜耍動作，戰局便會更加有利……嗎？

不，並不會。艾莉絲、瑞傑路德以及香杜爾。

他們三人都在超近距離和對方周旋。巨大的魔導鎧沒有餘地擠進那個空間，而且即使威力和速度有同樣水準，要是沒有足夠技術配合，反而很有可能礙事。

不過，如果只是爭取時間呢？

讓香杜爾暫時退後去恢復體力。
只要幾分鐘，光是這樣是不是也能令局勢有巨大不同？
等等……亞歷山大好歹也是北神。
就算少了控制重力那招，他應該也有其他戰鬥技巧。
肯定會有。
控制重力並不是亞歷山大的真本領。
就算封住那招導致他的級數下降一階，我打接近戰的能力也比香杜爾差了兩階或三階，甚至更低。因為我雖然有預知眼，依然無法完全看清亞歷的動作。
以結果來說，或許會對艾莉絲與瑞傑路德造成更大的負擔。
他們身體已經開始出現擦傷。
僅是一根指頭，一根毛髮的差異，就有可能導致動脈遭到切斷。
艾莉絲正全力以赴。
她從剛才開始就不斷發動攻勢，甚至沒有時間喘息。可是，卻一次又一次地揮空。因為亞歷很有本事。說不定她在和劍神戰鬥時消耗了不少體力，也有可能是被亞歷剛才的必殺技傷到了某處。
但就我所知，艾莉絲現在的表現是最高水準。
可是，不知道她能持續到什麼時候。

瑞傑路德也才剛大病初癒。

事實上，他直到幾天前都還一直臥床不起。雖然現在的動作精湛，但也有可能突然下滑。

怎麼辦？

照這樣下去雖然不會輸，但也贏不了。我的魔力是沒問題，但香杜爾早晚會到達極限。

怎麼辦？

我該怎麼做才好？

全力發動吸魔石，冒著風險衝到前面嗎？

或者說，要嘗試用其他魔術打破僵局？還是要先撤退，之後再來過呢？

令人苦惱。

「唔！」

正當我冒出這種想法時，亞歷山大的目標從艾莉絲換成香杜爾。

由於減少應對艾莉絲的次數，使得亞歷山大的身體表面開始因為斬擊出現傷口。

可是，當然無法形成決定性的傷害。

我看得出他的企圖。

因為亞歷也注意到了。只要解決香杜爾，勢均力敵的局面就會瓦解。

就算稍微無視艾莉絲的攻擊，只要打倒香杜爾，就等於勝券在握。

瞬間，我的背脊竄起一股寒意。

香杜爾會死。接著死的是艾莉絲。再來是瑞傑路德，形成一對一的局面之後，我也會被殺死。

會輸。

（應該要盡早賭一把比較好嗎？）

我的心中浮現出不該浮現的不安，產生出焦躁。

不安會導致動作迷惘，做出誤判。開始出現低級的失誤了。即使我出了小差錯，瑞傑路德也會設法幫我處理。

話雖如此，我確實在加重他的負擔。

再這樣下去不行。

快思考。必須想出能決定勝負的關鍵。

當我這樣想時。

「……！」

決定勝負的關鍵出現了。

從森林深處來到眼前。

起初飛過來的，是淺灰色的鐵塊。

飛過來之後，像球一樣在地上打滾，直接撞上樹後才停下來。

鐵塊立刻起身。

可是頭盔脫落，厚重的鎧甲也到處都是凹痕，頭部也淌著血，鼻子也血流不止，臉上掛著恍惚的神情。

但即使如此，他依舊沒放下武器，以純樸的長相擺出猙獰表情，狠狠瞪視打飛自己的對手。

是杜加。

接著飛過來的，是名瘦弱的人物。

他早已失去鎧甲，上身赤裸，被打飛的樣子讓人以為他羸弱的肉體會四分五裂，直接撞上剛才先被打來這裡的杜加。

是札諾巴。

然後，是決定性的關鍵。

那個物體有著紅色肌膚，細長的獠牙。

身高將近三公尺，渾身肌肉，那傢伙像猴子一樣從上方落地。

隨著不像噠也不像咚，更不像嗒的著地聲落在我們附近。

「……！」

鬼神馬爾塔。

看到他身影的瞬間，所有人的動作驟然停止。

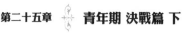

同時，我的身體不寒而慄。腦中開始一連串胡思亂想。

在這種勢均力敵的狀態，他為什麼會來這裡？

贏得了嗎？

贏不了？

要暫時撤退嗎？

還是要繼續進攻？

「喔喔！鬼神閣下！」

臉上的表情比任何人都要開心的，當然是亞歷山大。

他一看到鬼神，立刻眉開眼笑地露出笑容。

從那個笑容來看，說不定他其實也打得很辛苦。

這樣啊，原來辛苦的不只是我們。既然打得勢均力敵，表示他也很吃力。

肯定是這樣。

想要繼續往前進，卻在此時被人拖住。雖說不會輸，卻也找不到對策殺出重圍。就算想用那招必殺技也用不了。既然長時間僵持著這樣的狀況，對他來說也會造成精神上的疲勞。

「你來得正好！」

亞歷笑容滿面，相較之下鬼神卻是一臉不悅。

他板起一張臉，就像是在表示「你們為什麼會在這裡？」。

如果剛才看到我的亞歷山大擺出像是看到熊的表情，現在的鬼神就如同熊看到人類那樣的表情。

可是，很不妙。

現在的狀況勢均力敵，恐怕再過十分鐘就會打破均衡，敵方卻在此時增援。

「請助我一臂之力。」

鬼神點頭。

★ ★ ★

完全沒有餘力了。

我現在必須一直在戰場上移動，同時支援眾人迎擊兩個目標。

我抓準機會，成功治療了杜加與札諾巴。

可是，他們兩人面對鬼神依舊居於下風。

每當鬼神以不符合他那龐大身軀的速度移動時，札諾巴或是杜加就會被打飛。

就算札諾巴硬生生拔起旁邊的樹木狠狠敲下去，他也彷彿毫髮無傷，使出反擊打飛札諾巴，哪怕是杜加以巨斧猛砍，他也像是被蚊子盯到一樣，沒有留下半點傷口，反而是狠狠揍了杜加將他打飛出去。

無論杜加還是札諾巴，都絕對不算沒有力氣。

就算這樣，還是會被打飛。

壓倒性的力量。

相對的，亞歷山大依舊持續發動攻擊。

香杜爾擠出最後的力量在動，但現在連能夠維持戰線都教人感到不可思議。

不，並非不可思議。

由於香杜爾動作下滑，換成瑞傑路德也開始累了。

因為他一直在勉強自己。

不妙。

這個狀況很不妙。

現在不是思考怎麼打破僵局的時候。只要再過幾分鐘，戰線肯定會瓦解。

非得撤退不可。

可是，我們沒有後路。

他們會到達奧爾斯帝德面前。奧爾斯帝德不可能因為這樣而死。就算同時面對這兩人，肯定也是他會贏。

但這樣好嗎？

這樣真的好嗎？

那樣就是我們輸了，真的好嗎？

真的沒有起死回生的方法了嗎？

起碼得收拾掉其中一人。

快想想，應該有什麼方法。只要把我能用的手段全部用上，應該能派上用場才對。

幾乎失去了所有捲軸，好不容易才取回一式。

一式的加特林機槍、巨軀、速度以及力量。

有什麼是我能辦到的嗎？

有什麼能做的？

快想啊……！

「唔……」

香杜爾終於跪倒在地。

我以絕望的心情注視著鬼神。

就是這傢伙。若是不停下這台失速列車，我們就沒有勝算。

還差一招。只要再一招就好。我們只是從稍微占有優勢的拉鋸狀態，被逼到屈居劣勢的拉鋸狀態。

還可以逆轉。只要設法解決鬼神這傢伙，讓札諾巴或是杜加與香杜爾換手，把香杜爾配置到後方就可以恢復他的體力。

只要再一招就好。

再一招。

「啊——哈哈哈哈哈——！」

就在這時。

一陣笑聲響徹周圍。

與此同時，我手上連著的根部開始發熱。

或許是因為對這個聲音有印象，亞歷與香杜爾猛然抬頭，環視周圍。

「事情變得很有意思嘛！」

下一瞬間，黑色的某個物體從草叢飛奔而出。

身穿漆黑鎧甲，手握一把劍，筆直地衝向鬼神。

「唔嘎啊啊啊啊啊啊！」

那傢伙賞了鬼神一擊。

隨後爆出了猶如金屬撞擊的驚人巨響，劍應聲斷裂。

以手臂擋下攻擊的鬼神，手上滴答地流著鮮血，同時往後退了幾步。

「喝啊啊啊！」

即使劍已折斷，黑色物體也不以為意。

她順勢衝上前拉近距離，朝鬼神的心窩賞了一記銳利的正拳。

「唔……」

鬼神一瞬間往前傾，此時又補上一記左勾拳。

脖頸瞬間歪過，腳步不穩，但鬼神沒有倒下。

他舉起沒有受傷的那隻手，朝著黑色物體狠狠揍了一拳。

黑色物體往後飛了好幾公尺，在空中張開翅膀，輕盈落地。

「啊——哈哈哈哈！很好，很好，感覺棒極了！」

魔神語，還有那副模樣。我不由得吞了口氣。

「阿托菲陛下……」

不死魔王阿托菲拉托菲。

在魔大陸受到眾人畏懼的人物，就在那裡。

「為什麼……」

她轉頭面向我，臉上露出猙獰的表情，笑著說道：

「咯咯咯，我透過分體感覺到你的危機，想說決戰快到了才匆忙趕來的！雖然完全不清楚現在的狀況是怎麼回事，但我趕上了。鬼神，還有亞歷……咯咯咯，呵呵……啊哈、啊——哈哈哈哈——！」

阿托菲笑了。笑聲甚至教人懷疑到底什麼事這麼好笑。

森林裡迴盪著令人不舒服的笑聲，亞歷山大整個人愣在一旁。

不過，她說的分體是……

我懂了，是這隻手嗎？雖說沒有正確地告訴她狀況，但她趕上了。

阿托菲來了，戰力很足夠。

這樣有辦法應付。

「在場的所有人，都由我魔王阿托菲拉托菲．雷白克親手消滅！」

請別消滅所有人啊。

可惡，穆亞不在嗎？

其他親衛隊的成員呢？就沒有人負責拉住她嗎！居然放著她不管！

「我是想這麼說啦……」

阿托菲面對鬼神。

身高差了兩倍左右。阿托菲以女性來說雖然也算高大，但依然不及鬼神。

無論縱高、橫寬還是深度都比不上。

「鬼神馬爾塔啊！」

「接下來，要由妳和吾戰鬥嗎？」

從鬼神口中說出了流利的魔神語。

與外表不符，講話方式頗有威嚴。該說不愧是神級嗎？

「你這傢伙的島，鬼島已經被我的親衛隊占領了！老實地從這裡離開！否則，我就趕盡殺絕！」

「……！」

鬼神擺出錯愕表情看著阿托菲。

為了要看出她真正的意圖，確認剛才那番話是真是假。可是，我唯一能肯定這件事。

我不認為阿托菲會說謊，或是有辦法用什麼策略。

「當然，就算全都殺了對我也無所謂！這樣反而更好！沒錯，這樣更好！好，你放馬過來吧！」

阿托菲奮力張開雙手擺出架式。

或許是從她的動作、她的話語當中感覺到可信度，鬼神的行動有了戲劇性的變化。

他縮起身子一瞬間後，便像猴子那般跳到了樹上。

然後，從該處俯視著我們。

「等等……！鬼神先生？」

驚慌失措的人是亞歷山大。

鬼神在這個時候第一次看了亞歷，眼神中充滿不屑。

然後，他說：

「俺，要回去。島，危險。」

他說的是人族語。

講的方式就像是才剛學會語言一樣。原來比起人族語，鬼神更擅長魔神語嗎？

不過他居然會說雙語啊。阿托菲可是完全不會講人族語耶！雖然她會講魔神語，可是完全沒辦法溝通！

「啥？」

鬼神就這樣在樹上穿梭，消失在森林之中。

亞歷山大一臉茫然地看著這幕景象。

不過一臉茫然的不只是他。不管是我、瑞傑路德還是香杜爾，也都目瞪口呆。

於是，剩下一個人。

亞歷山大只有一個人。

被我、艾莉絲、瑞傑路德、香杜爾、札諾巴、杜加以及阿托菲包圍，留在原地。

鬼神就這樣回去了，實在是出乎意料。

「好啦，敵人只剩一個！」

「奶……奶奶……」

成為敵人的父親，無法溝通的祖母。這種狀況不由得令人心生同情，現場的氛圍變得不知該如何是好。

但是，現場還有一個不懂得看氣氛的人。

「嘎啊啊啊！」

艾莉絲抓準機會，對亞歷使出渾身解數的一擊。

「唔！」

亞歷防禦了。

他防禦了。既不是迴避，也不是架開，而是打算防禦。

防禦劍神流的必殺技，「光之太刀」。

他打算擋下這招無法防禦的必殺技。

回過神來，亞歷山大的左手已經飛在半空，濺起血沫不斷旋轉。

「啊。」

他的手順勢落在地面。

這個畫面成了戰鬥重新開始的訊號，同時也是決定性的關鍵。

隨後展開的戰鬥，根本毫無局勢可言。

若是雙手都還能用，亞歷山大或許還有機會。

但是，他的機會也已經被砍飛了。原本是會形成拉鋸的高水準攻防戰，失去左手的他根本無法一戰。

沒錯，從那之後已經稱不上戰鬥。

只有五分鐘。

轉眼間亞歷就遍體鱗傷，難堪地逃跑了。

★★★

「呼……呼……」

那並非戰術性的撤退。

只是氣喘吁吁，感到恐懼，逃離自己害怕的存在，落荒而逃。

北神，實在不認為他是七大列強之一。

更像是進入不錯的高中，考上不錯的大學，到一間不錯的公司上班，然而此時才首次嘗到挫敗感的新進員工。在焦躁感的驅使下，丟臉地落荒而逃。

可是，到此結束了。他無處可逃。

亞歷山大不像樣地逃了一個小時左右，回到了山谷。

他被逼到了絕境。

繼續參加追擊戰的，有五個人。

在亞歷逃跑的瞬間，札諾巴倒下，杜加也當場癱坐在地。

但是，還有五人。

香杜爾與阿托菲，艾莉絲與瑞傑路德。

還有我。

眼前是山谷。並非可以躍過的狹窄區塊，而是幅度超過三百公尺的斷崖絕壁。

對方無處可逃，我方戰力充足。

「可惡……」

或許是因為被逼到絕境，又或者只是演的，亞歷山大喘得上氣不接下氣，站在懸崖邊不動。

儘管看起來沒有餘裕，但不能大意。

雖說失去一隻手，但他原本就是用單手揮舞王龍劍。在可以操控重力的王龍劍面前，失去單手根本無足輕重。他也有可能還藏著最後殺招。

經常被砍掉手臂的我都這麼說了，肯定不會有錯。

雖然我這樣想，但亞歷山大的表情看起來滿是恐懼。

但他是北神流，不能大意。

「你就放棄吧。事到如今，你沒有打破這個局面的方法了吧？」

既然香杜爾都這樣說了……他果然沒有逆轉戰局的可能了嗎？

「沒錯，你就乖乖受死吧！」

「媽，現在是我在和亞歷說話，妳先安靜一點。」

「唔……好……」

阿托菲雖然插嘴，但被香杜爾叫她閉嘴。

那個阿托菲居然會這麼老實，看到這樣的光景，我又重新認識到這些傢伙果然是一家人。

雖然完全不像就是了。

「嗯咳……為了與奧爾斯帝德交手而保留實力，而且單手又遭到砍飛的當下，你就已經輸了。我以前不是教過你，無論何時都不能小看對手嗎？」

因為手下留情，而犯下無可挽救的失誤，因此敗北。

這種事經常發生。尤其是在小看比自己弱小的存在時。

「把劍丟掉，投降吧。我身為你的父親，不會對你亂來的。」

香杜爾溫馨喊話。

「身為父親」。

這幾年來，我也對這種話變得很沒抵抗力。

其實我沒辦法原諒他，因為這傢伙打算殺光斯佩路德族。

可是，他並不是人神直屬的使徒，倒像是基斯的使徒，而且也是未遂……如果亞歷小弟願意哭著道歉……嗯，可是，唔……

他的外表看起來還很年輕。

就和年輕氣盛的保羅一樣。

雖然不清楚他的實際年齡，但是肯定比剛成為我父親那時的保羅來得更加年輕。

也可以說他還很年幼。

那麼，若是能從現在開始好好重頭學起……

這時，我突然想到。

這麼年幼的孩子，聽到別人高高在上地這樣說教，真的會老實聽話嗎？

「不要！」

我想也是。

「我根本沒使出全力戰鬥！左手的這個也是偶然。要不是鬼神逃走，才不會變成這樣！」

「那也是你的敗因。」

「你的意思是叫我別仰賴同伴嗎？你們明明也是好幾個人一起上啊！」

「英雄是不會把錯推給同伴的。儘管在緊要關頭會麻煩同伴解危，但就算在途中失去同伴的助力，也有辦法取勝。」

香杜爾斬釘截鐵地這樣斷言。就像是在表示這是唯一的正確答案。

或許是因為這樣，莫名有說服力。

他究竟編織了什麼樣的英雄傳奇，其實我也不是知道得那麼詳細……可是，他真不愧是引退的英雄。

「況且，你的敗因也不只這點，還有戰略。其實你應該要使出全力解決我們，然後再暫時撤退，等恢復之後再挑戰就行了。」

「能挑戰奧爾斯帝德的機會，怎麼可能說有就有！」

「你是被某人灌輸了這種想法嗎？」

「……！」

亞歷山大擺出被一語道破的表情。

是基斯吧。奧爾斯帝德不會出現在人神的視線當中。所以奧爾斯帝德長期以來都是行蹤不明。只要來夏利亞就能看到他，這也因為是我才會知道。

只有在這裡才能遇到，戰鬥的機會只有現在，他會這麼想或許也是無可厚非。

尤其，亞歷山大還很年輕。

想成為英雄，想超越父親，我認為這些話都是因為他還年輕才會這麼說。

沒有下次機會，想在眼前的機會賭上自己的一切。

會這樣認為也是情有可原。

雖然有點亂來，但他的態度是值得嘉許的。

「你應該去找一些同世代，擁有相同目標的朋友或是勁敵才對。」

「少囉唆！」

聽到香杜爾憐憫的一句話，亞歷大吼並舉劍擺出架式。

艾莉絲等人也像是呼應這個動作那般舉起劍。

我也擺好架式。

五對一。

他分明沒有勝算。

「我還沒有輸！英雄會從這裡才開始逆轉！我要打倒你們所有人！也要消滅斯佩路德族！還有奧爾斯帝德！我會殺死龍神，成為英雄！」

注意到從劍上發出某種氣息的瞬間，我舉起左手。

「『臂膀啊，吸收殆盡吧』。」

重力只在瞬間產生混亂。

如同搭上電梯時那樣，身體只有一瞬間浮起，但立刻又回到了地面。

「唔啊啊啊啊啊啊啊！」

下一瞬間，亞歷揮劍。

包含我在內的五人，像散開似的往後跳。

但是，亞歷沒有瞄準任何人。

「唔！」

是地面。

亞歷將巨劍敲向地面，直接破壞。霎時間塵沙飛揚，視野完全遮蔽。

他要在煙霧中發動攻擊嗎？

我這樣心想並做好準備，這時我的千里眼捕捉到沙塵的縫隙。

看到了往後倒，墜落山谷的亞歷山大……

難道說他自爆了嗎？被自己的斬擊震飛，然後摔下去了嗎……？

不對。亞歷的臉掛著笑容。

那是令人反感的笑容。勝利的笑容。

莫非……對了。

亞歷剛才就算從橋上摔下去也能回來。

王龍劍的能力是操控重力。即使摔落谷底，要上來也是輕而易舉。

「……！」

下一瞬間，我縱身一躍。

追著亞歷跳往谷底。

第七話「亞歷山大vs魯迪烏斯」

在落下的時候，我以千里眼持續掌握亞歷山大的身影。

而就在我開始落下的瞬間，我知道亞歷也注意到我的動作，同時，他也為此感到詫異。

我們轉眼間縮短了距離。

因為他以王龍劍控制住落下速度。

我首先消去他的優勢。

「『臂膀啊，吸收殆盡吧』！」

亞歷變回正常的落下速度。

然而基於慣性法則，已經產生速度的我無法緊急停止。

要用風魔術減緩落下速度嗎……？

不，重力是武器。無法纏繞鬥氣的我，要把物理法則當作武器。

我發出衝擊波，在調整位置的同時加速，把落下方向筆直地朝向亞歷。

「喔喔喔喔喔喔！」

我保持著相對速度，狠狠揍了亞歷一拳。

亞歷雖然以劍為盾擋下這拳，但無法抵銷衝擊，直接撞上岩壁。

我在這段期間也持續發動著吸魔石。儘管我也因為反作用力而衝向岩壁，但我發出衝擊波重新調整姿勢，踢向岩牆，加速。

再次追上了亞歷。

「喔啦啊啊啊！」

揍他！

我用衝擊波加速後揍了他。

拉高相對速度後揍他，再揍他。

以物理法則痛揍一頓。

「啊啊啊啊啊！」

亞歷大叫。

因為他無法理解在半空中一直被單方面毆打的這個狀況嗎？

我也無法理解。我的工作明明是負責支援，為什麼在做這種事？完全想不通。

我只是認為不可以讓他逃走。

要是讓這種欠缺倫理觀念卻有實力的小孩縱虎歸山，肯定會有人吃虧。

而且我想吃虧的，就是身為敵人的我。

是我的伙伴，我的家人，或是某個誰。

「啊啊啊啊啊啊啊！」

我也不明就裡地大叫。

我並不是沒聽到亞歷與香杜爾之間的對話。

我並不是沒有想過這傢伙只要反省之後就會有所成長。

並不是放在天秤上衡量利益。

可是，我揍了。

加速之後，狠狠揍下去，加速之後，狠狠揍下去，加速之後，不斷揍下去……

無論我和亞歷，都以驚人的速度撞上了谷底。

★★★

我在沙塵當中挺起身子。

由於剛才的落下，周圍飄散著類似藍色胞子的東西，視野很差。

目前我的身體還算沒事。

不愧是魔導鎧一式，實在堅固。

儘管產生些許裂痕，依舊還能運作。

「呼……」

然後，亞歷也同樣沒事。

不過，看起來似乎不是完全沒事。他的鎧甲碎裂，一隻腳也歪到不該歪的方向。

但是，就只有這樣。

想必他是用鬥氣保護了自己的身體。

他以單腳站立，注視著這邊。沒有露出一絲感到疼痛的表情。

真是怪物。

「……你是一個人追過來的嗎？」

亞歷看著我，喃喃這樣說道。

「真有膽量。」

我望向上方。

在一片漆黑的環境當中，可以看到地龍正蠢蠢欲動，可是感覺沒有任何人要下來。

不過，我想阿托菲可能會馬上跳下來。

畢竟她還能飛嘛……

「奶奶是個老古板。我掉下來後，你就追上了。那麼，她就不會再讓別人追來。」

「怎麼可能。」

「因為那個人不管到了幾歲，都很嚮往魔王與勇者的一對一單挑。」

這點我倒是稍微能夠理解。

阿托菲雖然亂來，但可以感受到她有著一種莫名的堅持。和我戰鬥的時候，她也吩咐親衛隊不要出手。

「對我來說很幸運。」

「……哪裡？」

「我指現在的傷勢。若是追過來的是艾莉絲．格雷拉特，瑞傑路德．斯佩路迪亞……或者是爸爸，甚至是奶奶，我就會死在這裡。」

「意思是對上我的話，你就不會死？」

「我不認為自己會輸給你。」

真有自信啊。

亞歷身受重傷。失去了一隻手、一隻腳。

而我穿著魔導鎧。儘管因為長時間戰鬥消耗了相當多的魔力，但由於從頭到尾都以支援為主，其實沒有什麼像樣的傷口。處於萬全狀態。

「你是不是太小看我了？」

「並非如此。你不但無法纏繞鬥氣，反應速度也很慢，漫不經心而且破綻百出。甚至沒注意到我們讓北帝杜加吞了安眠藥，一個人落單，被打落谷底。覺悟和戒心都不足，是個不成熟的半吊子。」

關於這些批評，我無言以對。

確實，我是這樣沒錯。就算擁有多到滿出來的魔力，我依舊很無能。

像這次也是，要是阿托菲沒來，後果不堪設想。

「所以，接下來就算和你一戰我也會贏，可以成功逃走。只要能從這裡逃走，勝利就在眼前了。」

「就算打倒我，你也沒有同伴了啊？鬼神逃走，劍神也死了……就算少了我，你也應該沒有勝算。」

儘管我也還沒確認劍神是否真的死了，不過對手是艾莉絲，應該殺掉了吧。

「不，英雄會贏。因為一直以來都是如此。實際上，你剛才也沒在落下時解決我。我明明動彈不得，處於只能一直挨打的狀態，你依然沒能殺了我。」

他的態度就像在表示那是答案一般，充滿自信。

可是，他現在確實用自己的腳站在地上。

「我會贏。不論是你，爸爸，還是奶奶，甚至是奧爾斯帝德。我會打倒所有人，作為史上最強的劍士，名留青史。讓人們只要談論到北神卡爾曼，立刻就會提到三世亞歷山大的名字，說他才是歷代最強。」

儘管遍體鱗傷，但他並不會一味挨打。現在的他並非毫無勝算。

目前的他還是有勝算。

雖然不清楚勝率有幾%，但他深信自己能創造勝利。他認為在這場關鍵的勝負當中，可以贏過我。

是因為想成為英雄？

不，並不是。是因為他至今已經克服了好幾次這樣的危機。

他現在很明白自己被逼到絕境。雖然稍微小看了我，但不會像之前那樣保留實力戰鬥。而是為了逃走，打算以全力擊敗我。

對手是北神卡爾曼三世。

他的劍術是全世界最高水準，而且擁有全世界最強級別的魔劍，是七大列強。

他並非窮鼠，而是困獸。

相較之下，我很少在關鍵的戰局當中帶走勝利。要不是靠事前準備徹底壓制敵人，就是無法填補力量的差距而敗北，兩者擇一。

他也察覺到了這點。克服了層層困難的他，看穿我不是能創造勝利的類型。

說不定，他已經從基斯或是人神那邊聽過了……

「…………最後我先問你一件事。你是人神的使徒嗎？」

「不，並不是。不論我還是劍神，都只是從基斯那邊得到情報。當然，我不否定自己在幫助他。」

「這樣啊。」

那麼，最後的一個人是誰？

不對，等之後再思考吧。現在的當務之急，是必須打倒這傢伙。

嗯？等等，要是沒辦法，我應該也可以逃走吧？

畢竟還有其他戰力，不需要在這個節骨眼勉強自己。

既然除了亞歷山大之外還有一人，現在不是應該保留實力嗎？

打倒了劍神，我方沒有損失。那麼，現在是不是應該先撤退，創造一個確實能贏的局面？

「……不。」

不對，並不是這樣。

在我身後的，是奧爾斯帝德。

勝利條件是不讓任何人通過這裡。就算讓一兩個人到奧爾斯帝德那邊，再怎麼樣也不會發生嚴重問題。可是，這樣只會消耗奧爾斯帝德寶貴的魔力。

恐怕是只要有八十年就可以勉強確保的魔力量。

正是因為有這種想法，我現在才會鬆懈。與戰鬥剛開始的時候相較之下，確實更加鬆懈。

打倒了劍神，勸退了鬼神。

眼前的北神遍體鱗傷，看起來隨時會倒下去。

況且，就算在這裡被北神逃掉，我的同伴也都安然無恙。就算同伴被打倒了，奧爾斯帝德對付他也是游刃有餘。如果是面對北神卡爾曼三世，奧爾斯帝德應該也很習慣如何應付了。想必他可以在戰鬥的同時保護斯佩路德族。

因為這樣的狀況，導致我鬆懈了。

我認為游刃有餘，覺得輸了也無所謂。

就是這點。

亞歷所說的「沒有輸的理由」就是這點。

而且回過頭來仔細想想，感覺我總是糾結在這點。打算在這裡建立安全線而後退一步，所以才會在關鍵時刻差了臨門一腳。

亞歷看出了這點。

局面、氣勢、運氣以及走向，戰鬥時存在著這類概念。

儘管我不太相信那類抽象的理論……但是，該有的時候還是會有。

若是我在這裡退縮，或是打輸這場戰鬥，亞歷就會得到什麼，而我會失去什麼。

那是無法用言語描述，超乎想像的某個事物。

「……」

所以，我不能輸。

現在我既不能輸，也不能退縮。

因為現在是不得不承擔風險，拿下勝利的局面。

就是現在。

這裡就是分歧點。

在考驗我現在是否能使出渾身解數，拿出真本事。

「……我是龍神的部下，『泥沼』魯迪烏斯·格雷拉特。」

「！吾乃『北神』，亞歷山大·卡爾曼·雷白克！」

我做好覺悟了。

「啊啊啊啊啊啊啊啊！」

大聲吶喊。

以丹田發出聲音。

「喔啊啊啊啊啊啊啊啊！」

亞歷也是一樣，舉起劍大聲吶喊。

他右手持劍，左手沒了只是輔助。右腳在前，斷掉的左腳也踏穩地面。

我朝他衝了過去。

根本沒有戰術。我只是直覺認為不該使出遠距離攻擊。我低著身子，朝著亞歷往前衝。

只是在前一刻，我腦裡閃過某個畫面。

是艾莉絲的身影。

我反射性地舉起右手的加特林機槍，以渾身解數擊出岩砲彈。

「！」

亞歷看到我突進過去，往前踏出步伐，可是當他看到猶如驟雨傾注而下的岩砲彈，遲疑了瞬間之後，縮回右腳。

然而，那些岩砲彈卻接連消滅不見。因為我在亞歷的眼前，以吸魔石的力量將魔術粉碎成沙子。

下一瞬間，我把身體往左傾。

我明白自己處於亞歷那把劍的攻擊範圍，可是依舊往前衝。我把伸出的右手縮回腰間，以胸口幾乎要摩擦到地面的角度將身體往前傾。

接著以右腳用力撞上亞歷的左側。

「咕……啊啊啊啊啊啊！」

亞歷的肩膀動了。

劃過一道銀色閃光。

右肩一帶受到衝擊，魔導鎧有部分彈飛。

可是手臂沒被砍斷。

只要明白這點，就不須進一步確認傷勢，我穩穩地朝大地踏步，揮出右拳——

〈亞歷往腳部使力〉

他會跳開，要被閃開了。

當我這樣心想，便在左手灌注魔力。

停止供給魔力給吸魔石，要用別的魔術。可是我還沒決定要用哪招。

我只是一心想著不能被他跳開，並在左手灌注魔力，朝著亞歷的腳——

「唔！」

亞歷的腳有那麼一瞬間緩緩浮空。

「啊啊啊啊啊！」

我一邊大吼，同時揮出右拳。

將搭載著加特林機槍的拳頭，一鼓作氣揮了出去。

咚的一聲，拳頭上留下觸感。

亞歷就這樣被打到岩壁上。

「『射穿』！」

我使出全力，將魔力灌注在加特林機槍。

岩砲彈好比鑿岩機那般轟向岩壁，導致山崖出現裂痕。

但即使如此，我依然沒有停手。我持續灌注更多魔力，不斷射出更多更強的岩砲彈。

正當我腦海只有這個念頭的瞬間，右手傳來不協調感。

加特林機槍瞬間出現裂痕，化為碎片。

「啊啊啊啊啊啊啊啊啊！」

就算這樣，我還是朝右手灌注魔力。

生成的是岩砲彈。

這是我做過最多，最為熟悉的岩砲彈。

然後，發射出去。

發射、發射、發射。

「啊啊，啊、哈啊……」

直到聲嘶力竭，聲音轉為嘆息，轉為喘息為止。

我不斷地發射岩砲彈。

「呼……呼……」

然後，離開了敵人。
完全埋進岩壁的魔導鎧右手，從根部啪的一聲斷掉。
根部……應該是剛才挨了亞歷一擊的地方吧。要是沒有阿托菲之手，說不定連我的右手也一起被砍斷了。
「……」
在岩壁當中看見了一團肉塊。從牆壁與魔導鎧拳頭的隙縫之間，不斷地流著紅色的鮮血。動也不動。
我不經意地往旁邊一看，劍就掉在地上。是亞歷直到剛才都握在手上的劍。
王龍劍卡夏庫特。
我用僅存的左手將劍撿起。
將近兩公尺的巨劍。
握著它，再度望向岩壁。
「……」
上頭正流著鮮血。
從岩壁，以及打進岩壁的拳頭縫隙裡面，流著鮮紅的血。
沒有東西有動靜。只有血靜靜地流著。
往上一看，可以知道有大量地龍正在蠢蠢欲動，可是唯獨這一帶令人感到異常安靜。

只是，我的手上殘留著觸感。

殘留著確實下了殺手的觸感。

「我辦到了。」

不知不覺間，從我的嘴裡說出這句話。

為什麼能贏？

我想，真的是千鈞一髮。要是我的腳步再慢個一瞬間，或者，要是亞歷沒有猶豫。想必亞歷的斬擊已經將我連同魔導鎧一刀兩斷。

艾莉絲風格的動作奏效了。

雖然是不斷進攻，卻會不規則地錯開時機的那種感覺。

我把岩砲彈當作假動作，比平常再往前踏出一步，不對，應該是深入了半步，所以才能成功地離開他的攻擊範圍。

那就是艾莉絲的打法。

艾莉絲只有在能辦到這個動作時，才會下意識使出這種高風險的動作。

所以才會贏。儘管脖頸血流如注，也能站到最後。

不過，我的動作比不上艾莉絲。無法判斷什麼時候使得出那種動作。

我自己本身，其實也還沒辦法做出那種級別的動作。

要是亞歷沒有失去一隻手或是一隻腳，或者他沒有小看我的話，應該就不會是這種結果。

還有，最後讓亞歷的腳浮起來的那種觸感。

那種觸感是至今從未用過的魔術。難道，那個就是操控重力嗎……

不，也可能只是亞歷試圖用王龍劍操控重力，但我剛好中斷了灌注在吸魔石上的魔力，所以才會在意料不到的時間點發動。

事到如今也不得而知了。

最後或許是運氣好。

可是，我不認為這場勝利只是靠運氣拿下。

「我贏了。」

我緊緊握拳，高高舉起。

★ ★ ★

我用一式一邊驅趕地龍一邊爬上山谷，回來後發現周圍人山人海。

是討伐隊的成員。橋沒了，神級的三個人也不在了，他們看起來不知該如何是好，愣愣地站在原地。

他們一看到我，就如同鳥獸散那般逃之夭夭。

或許是把我看成了惡魔之類的吧。

總之，我隨手抓了幾個現場指揮官——就是看似畢黑利爾王國的騎士，告訴他們劍神與北神已經死了。

而且還告訴他們，如果想繼續討伐斯佩路德族，我方也會打算反擊。

但與此同時，也告訴他們我們依然有做好和平交涉的準備。

和平交涉的內容，和以前幾乎沒變。

儘管遭到侵攻令人惱火，但如果基斯是國王，或是有著與那接近的地位，也代表這次是人神幹的好事。

我打算讓我方繼續維持寬宏大量的形象。

可是為了以防萬一，我抓了兩個人當作俘虜。

如果基斯假扮成國王，這麼做或許沒有太大意義。

可是，並非所有騎士都是基斯的手下，國內的重鎮也不可能全都在基斯的掌控之中。如果聽到這次的消息，騎士又平安無事地回國，輿論應該也會站在我們這邊才是。

如果怎麼樣都沒辦法，也只能麻煩斯佩路德族移住到其他地方……算了，起碼也可以爭取時間。

我邊思考對策邊準備回去，此時突然看到了石碑。

是七大列強的石碑。

在上面的角落。

最下面的記號變成我熟悉的東西。

「……」

那記號的形狀就像是把三把長槍組合在一起。

是米格路德族護身符的形狀。

這表示我成為了七大列強嗎？

雖然給他最後一擊的人是我，但畢竟是四個人一起戰鬥，實在沒什麼真實感。或者也有可能不是我，而是瑞傑路德的記號。艾莉絲……我想應該不是。

「……」

老實說，我並沒有感到特別開心。當上了這個地位，又有什麼意義？

可是，既然都當上了也沒辦法。

我決定回去和艾莉絲等人會合。

★★★

在那之後，我越過山谷，與艾莉絲他們會合。

「後來，怎麼樣了？」

率先詢問我的人是香杜爾。

我告訴他我在谷底給亞歷最後一擊之後，他便說「這樣啊」，落寞地露出苦笑。

「你是勇者。看輕勇者的魔王會輸。打從以前就是這麼註定。」

阿托菲的表情沒什麼變化。

但是，可能是有點悲傷吧，這麼感傷的話不像她會說的。

「……」

亞歷死了。

他還只是個孩子。

擁有才能，只是以爬得更高為目標……我想他原本還有大好的將來。

我對那樣的亞歷與香杜爾剛才的對話，也有自己的想法。

希望亞歷能以更長遠的眼光去思考事情，或是現在暫時先懲罰他，要他之後好好反省之類，我也不是沒有過那類天真的想法。

我對他並非帶有殺意或是憎恨。

只是因為他是敵人，所以才殺了。要是剛才被他逃掉，事後一定會後悔。想著得在這裡解決他，所以才殺了。

因此，我不打算道歉。

這是戰鬥。對方打算殺了我們。就是這麼一回事。

「成功了呢！」

相對的，艾莉絲的表情相當欣喜。
尤其是我告訴她石碑的紋樣改變之後，她便環起雙臂，咧起嘴角，變得異常興奮。
要不是我穿著魔導鎧，她或許就抱過來了。
那一定很柔軟吧。真是可惜。
「……」
瑞傑路德雖然沒有特別說什麼，但他的臉色看起來相當疲倦。
在戰鬥途中也有想到這點，看來他果然快到極限了。
以大病初癒的身體進行那場戰鬥，還是太過勉強了。
但是，我們沒有人受到嚴重的傷勢，得到了勝利。
不過，好了，其他人現在怎麼樣了呢？
這樣心想的我們，匆忙地返回斯佩路德族之村。
由於焚燒劍神屍體而變得一片焦黑的場所、因為北神的攻擊而產生的大坑洞，以及與鬼神的戰鬥當中被掃倒的樹木，以及山間小路。
我一邊眺望著這些景象一邊從原路返回，發現了倒在地上的札諾巴。
在他旁邊的杜加則是一臉精疲力盡地癱坐在地上。
札諾巴看起來像是睡著了。他仰躺在地，一臉鐵青。
就像個死人一樣？

「……札諾巴，起來，結束了喔。」

我從魔導鎧上面這樣呼喊。

可是，沒有反應。

「札諾巴……？」

聲音，從森林消失了幾秒鐘。

風驟然停止，沒有任何聲響。

「咦？札諾巴？騙人的吧？」

「……」

「快回答我啊……」

札諾巴沒有回答。他的臉面向天空，就像個屍體一樣默不吭聲。

就像個屍體一樣。

「……哼！」

突然，艾莉絲踹了札諾巴的頭。

「噗嘎！」

「要回去了！快點給我起來！」

「……？喔喔！這真是失禮！看來本人不知不覺中睡著了。」

也是啦——

不過，他就算真的死了也不奇怪。

札諾巴與杜加居於劣勢。萬一沒有偶然遇上我們，札諾巴就算現在成了個不會講話的屍體也不奇怪。

我一邊這樣心想，一邊望向札諾巴他們飛過來的那條路。

路上到處都是戰鬥的痕跡。

被連根拔起的樹木、敲斷的樹、斬擊的痕跡、好幾個小型的坑洞。

真虧我們能贏呢。

不，我們也沒贏過鬼神。鬼神是自己回去的。

「話說起來，阿托菲陛下為什麼會在這裡？」

「嗯？想要我告訴你嗎？」

「請告訴我。」

「唔嗯，其實——」

阿托菲不會說明，實在很難懂。

狀聲詞太多，而且有一半都無法理解。

「簡而言之，過去大戰當時的轉移魔法陣有保留下來，妳是用了那個對嗎？」

「為了以備不時之需，我事先找出來的！」

這下糟了。

要是大家知道惡名昭彰的阿托菲用了轉移魔法陣，搞不好在各地到處設置轉移魔法陣的我也會連帶受到影響。

不，算了，都事到如今了。

不過話說回來，這樣就結束了……嗎？

我確實認為有勝算，但轉眼間就熬過去了。

雖然還不清楚鬼神會怎麼行動，但敵人也所剩不多。

「……」

一想到要結束了，突然就覺得走在旁邊的艾莉絲傳來好香的味道。

可能是因為經歷了一場嚴苛的戰鬥吧。生存本能說不定因此受到刺激，激發了生殖本能。

今晚該怎麼辦呢？

會不會變成解禁的魯迪烏斯呢？

「不不不。」

禁慾的魯迪烏斯要持續到打倒基斯為止。

沒錯。說起來，也還沒掌握基斯的下落。鬼神也只是逃走，還不清楚之後會怎麼樣。

使徒也還剩下一人。

事情還沒結束。

可是，基斯依舊沒有出現。情報網已經亂成一團，現在也沒辦法好好找人。就算被他逃掉，我這邊也無從得知。

……說不定那才是他的目的？覺得要決戰了，要在這裡分出勝負的人只有我，基斯其實原本就打算逃走？

此時此刻，他正帶著最後的使徒朝著國境移動……之類？

在這次的戰鬥，我方分散到各地的情報網都聚在斯佩路德村了。

既沒有轉移魔法陣也沒有通訊石板。就算在國境發現基斯的蹤影，我也沒辦法去追他。

既然冥王被打倒，劍神與北神不受控制，導致他居於劣勢的話……

他肯定會逃走吧。

派出八成戰力用來聲東擊西，只留下可以控制的傢伙，吸引我們的注意力之後，再趁這個機會脫逃。放棄這次機會，留到下次努力。

如果是我就會這麼做。

「呼……」

現在還不能大意。

不過，在這裡的戰鬥暫時是劃上句點了。

我實在是累了。今天已經沒辦法再戰了。之後的事情就交給其他人吧。

儘管沒辦法成功解決基斯，但是我們打倒了冥王、劍神以及北神。

瑞傑路德與斯佩路德族成為了我方的伙伴。

至於畢黑利爾王國與鬼神，雖然得看基斯做了什麼……關鍵還是在接下來的交涉狀況吧。

我們這邊的損失，頂多只有事務所遭到破壞嗎……

拜此所賜，轉移魔法陣也全滅了。雖說暫時無法移動，但已經採取對策。畢竟原本預期會有更嚴重的損失，這結果還不壞。

就在我東想西想時，看得見斯佩路德族的村子了。

或許是因為察覺到我們的氣息，可以感覺到斯佩路德族的小孩在圍籬上看著我們。

緊接著，守護村子的戰士們也從入口跑了出來。

再來是艾莉娜麗潔、克里夫、諾倫、茱麗以及金潔……從臉色看起來，似乎都平安無事。

我從魔導鎧下來。

再怎麼說都消耗了大量的魔力，因此身體有些疲憊。

茱麗與金潔衝向札諾巴。

諾倫跑向瑞傑路德，克里夫走向整個人筋疲力盡的杜加旁邊。

有人抱在一起，也有人露出安心的表情交談。

看到這幕景象，我的內心總算感到踏實。

「……」

最後，奧爾斯帝德走出來了。

奧爾斯帝德走到我這邊。

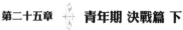

「贏了嗎？」

「是。」

作為勝利的證明，我把那把劍交給他。

可說是北神代名詞的王龍劍卡夏庫特。

「贏了。」

我們勝利了。

儘管遠遠稱不上完全勝利，但克服了一道難關。粉碎基斯設下的陷阱，領先了一步。

有許多事情需要思考，得反省的點也不少。

可是，贏了就是贏了。

「辛苦了。」

將劍收下的奧爾斯帝德說了句慰勞的話，我低頭接受。

這時，我突然感覺到旁邊有股視線。

是艾莉絲。她雙手環胸，看著這裡。

接著攤開雙手。

「……成功了呢！」

艾莉絲撲了上來。

我一邊享受著胸部的觸感，同時重新這樣想。

我們勝利了。

第八話「休息」

從戰鬥之後過了三天。

傷患的治療也已經結束，斯佩路德族的村子迎來了和平。

這三天來，我們在休息的同時，也警惕新的敵人出現。雖說並不是什麼都沒做，但也沒發生什麼特別狀況。

真的度過了一段非常和平，無所事事的時光。

札諾巴似乎相當疲憊，一天當中大半時間都在睡覺。

雖然我也擔心過他的傷勢是不是相當嚴重，可是據醫生所說，他只是肌肉痠痛。

他好像是有生以來第一次肌肉痠痛，甚至還留下遺言說「感覺全身都快散了……茱麗啊，本人死期將至，但本人已經把一切都傳授給妳。即使本人不在，妳也要持續精進」。

因為茱麗也被氣氛影響哭了出來，同時還以充滿決心的眼神點頭，實在很有意思。

我當時也不禁衝了過去，握住札諾巴的手說：「札諾巴，我一定會完成自動人偶給你看。向我尊崇的神發誓，交給我吧。神聖之力是香醇之糧，賜予失去氣力之人再次站起來的力量吧。

『Healing』。」，我甚至發動魔術治療他。

後來，札諾巴露出精神飽滿的表情奇蹟似的起身，幫我修理了一式。

而茱麗則是愣在一旁，真是可憐。

阿托菲在村裡顯得比較安分。

回過神來，她還要求村裡的人用木材幫她做了王座，並教導戰士們戰鬥技巧，不過沒有釀成大禍。甚至連艾莉絲也有參加。

香杜爾看到那樣的阿托菲，似乎感到有些丟臉，不過偶爾會擺出悶悶不樂的表情。

他果然是在想著亞歷吧。

關於王龍劍，我雖然問過他是不是該物歸原主，但他卻說那是戰利品，希望我隨意使用。

才剛聽過他們那段對話，實在提不起勁說由我使用。

雖然由老是依賴魔導鎧的我這麼說也很奇怪，但感覺用久了反而會使自己頹廢，而且說穿了我並不是劍士，也不太可能有效運用。

乾脆暫時交給奧爾斯帝德保管，等到有必要的時候再由某人借來用吧。

瑞傑路德從早到晚都和諾倫一起度過。應該說，瑞傑路德不管去哪裡，諾倫都會像小雞一樣如影隨形地跟在旁邊。從瑞傑路德身上學習到各種知識的諾倫，看起來就像是從前的我和艾莉絲。

諾倫真是好學。

……應該是好學吧？總覺得以前好像從未看到諾倫露出那種表情。雖然那種感覺與憧憬相像，卻有點不同……算了，其實怎麼樣都無所謂。

杜加很受女性與孩子們歡迎。

儘管剛來到這座村子時受到眾人畏懼，但或許是因為他在疫情蔓延的時候竭盡心力地照顧大家，現在已經越過隔閡，互相接納著彼此。

最近，他會擺著那張純樸的臉製作類似木雕人偶的東西，和孩子們一塊玩耍。

奧爾斯帝德則是因為沒人向他扔球，看起來有些寂寞。

醫師團隊也由於斯佩路德族的病情好轉，開始轉為研究疫病。

他們正一面調查村裡的食材，一面尋找疫病的原因……正確來說，感覺更像是在蒐集樣本。想必會帶回阿斯拉王國整理起來，再製成文獻當作參考資料吧。

而克里夫、艾莉娜麗潔與金潔三人，我麻煩他們去第二都市伊雷爾一趟。

關於畢黑利爾王國，我方以歸還俘虜為條件，重新提出了要求。

所以需要有人去聽取答覆。另外，也派了兩名剃了頭髮的斯佩路德族戰士作為護衛陪同，不過要是基斯的作戰還沒結束，也有遭到各個擊破的危險，真令人擔心。

至於我，則是開這次戰鬥的反省會。

這次也有許多地方要反省。尤其是被打落山谷的時候真的很危險。為什麼我當初會以為基斯不會使用魔道具呢？關於這個部分，在下次戰鬥之前我得先好好整理一下腦袋。

雖說第一次中計是無可奈何，但不可以再上同樣的當。

順便說一下，阿托菲之手還給了阿托菲，我的右手用治癒魔術的捲軸恢復了原狀。我當時不假思索地用那隻手揉了艾莉絲的胸部，結果下巴紮實地吃了一記，就這樣浪費了半天。

還有，那個魔術。

與亞歷進行最後一戰時用的魔術。我趁著還沒忘記感覺之前嘗試了好幾次，可是並沒有成功。我想那恐怕就是重力魔術，希望可以再來一次像那樣的契機。畢竟重力魔術的強大之處，我已經透過這次戰鬥親身體驗到了。

另外，關於轉移魔法陣也有許多地方必須好好思考。要是像這次一樣設置在許多地方，也當然會遭對手利用。今後勢必得針對這部分做好對策。

不過話又說回來，即使過了三天，轉移魔法陣依然還沒恢復。

第二天叫出了阿爾曼菲，得知我的家人並沒有什麼狀況……不過，魔法陣的修復速度比預期的還要慢。

說不定是在與人神無關的環節出了什麼問題。

真令人擔心。

不過，擔心過頭也無濟於事。

我必須把我能辦到的事情做好。

第四天。

我與艾莉絲去約會……不是，一起去巡視村子的狀況。

順帶一提，艾莉絲在戰鬥的隔天，難得像灘爛泥似的睡了一整天。

這種狀況在最近很稀奇。會這樣說，是因為她現在的生活非常規律，跟小時候完全不能比。我也鮮少看到她在午睡。有一次曾看到她和莉妮亞一起在睡午覺，但也頂多這樣。當時我很煩惱是否該一起睡，可是連莉妮亞也一起的話就是同床共枕，換句話說就是搞外遇，所以我經過認真煩惱，到頭來還是作罷。

先不管這個，小時候她經常在馬廄睡午覺。

當時她每天總是引擎全開，可是由於身體還沒發育完全，經常會在不知不覺中耗盡汽油。現在和以前不同，油箱的容量是好幾倍。引擎也具備了最新的環保駕駛功能，所以不會再耗盡汽油。

然而，這樣的她卻睡了一整天。

這表示我們就是經歷了會如此的一場激戰。

可是，她清醒後就變得一如往常。到處參觀村子，看到斯佩路德族的小孩後，便興奮地說「真的有長尾巴耶！」。我想說機會難得，就請小孩讓她摸了尾巴。對方是女孩子，要是我這麼做肯定會被最喜歡小孩的斯佩路德族擄走，進行一番嚴刑拷打。也就是所謂的犯罪行為。這樣說不定會讓希露菲會鄙視我，若真要這麼做，還是讓希露菲接上尾巴用想像的方式來快樂一下好了。
不管怎麼樣，或許是因為艾莉絲許久沒見到瑞傑路德，或者是戰鬥告一段落後鬆懈了，她彷彿像是回到孩提時代那般，一直處於興奮狀態。
然而，這樣的她在和我一起到處參觀村子時，卻突然停下腳步。
感覺到一股危險的氣息後，我也停下腳步，然後她看向某個人物。
脫下頭盔的他，給人的感覺就像個有點孩子氣的中年男性。
香杜爾．馮．格蘭道爾。
他的真實身分是亞歷克斯．雷白克。
北神卡爾曼二世。
「……」
艾莉絲的瞳孔急速收縮。
「不要，先等——」
當我打算制止的時候，已經太遲了。
艾莉絲以驚人的速度踏出步伐，使出銳利的斬擊襲向香杜爾。
「唔！」
可是香杜爾的反應也很快。他立刻轉身，以棍子擋下了艾莉絲的突擊。
這時我才總算追上。

我攔住艾莉絲的腰，向香杜爾賠罪。

「艾莉絲！我雖然不知道香杜爾做了什麼，但就看在我的面子上原諒他吧。香杜爾先生，我丈夫，不對，我妻子突然對你動手，真的很抱歉！」

「你把臉埋在哪裡啊！」

我被踹了。

雖然我的確是把臉塞進艾莉絲的屁股，但這明明是不可抗力啊。

「對不起，艾莉絲，可是吵架不好啦。更何況香杜爾先生不是跟我們一起奮戰過的伙伴嗎！在或許有使徒的狀況下隱瞞真實身分，或是講話方式拐彎抹角裝模作樣確實是有點令人火大，但不應該為了這種事情揍他。」

「我知道啦。」

騙人。知道的傢伙才不會突然從背後揮劍襲擊對方。咱是知道的。

「艾莉絲，我呢，其實對最近的艾莉絲刮目相看喔。我覺得艾莉絲比以前還要穩重。成為大人之後，妳變得更會忍耐，甚至還會教導別人劍術。諾倫也非常感謝艾莉絲教她劍術。受到他人感謝，是非常難能可貴的。我認為這是艾莉絲在劍之聖地努力修行的證據。現在的艾莉絲很出色，看到以前的妳絕對想不到妳會有這樣的改變。」

儘管感覺很像在說教，但這件事很重要。

雖然我不清楚她在不爽什麼，但突然從背後砍人還是不太好。畢竟艾莉絲的劍技已經超越了暴力的級別。

「是……是嗎……？可是魯迪烏斯……」

然而，艾莉絲雖然一臉開心，卻也稍稍有些不滿。必須讓她接受才行。

「算了算了，魯迪烏斯閣下，請你也別再說下去了。我想艾莉絲閣下是想確認傳說是否屬實吧。」

此時，香杜爾突然為我們喊停。

「傳說……嗎？」

「偷襲對北神卡爾曼二世不管用。無論何時都是身處戰場，即使有人從背後偷襲，也會像背後有長眼睛那般，轉身化解掉無謂的麻煩。」

香杜爾擺出像是砍斷從背後飛來的箭矢一般的姿勢，這樣說道。

姑且不論姿勢如何，我確實聽過這樣的說法。

記得是在北神英雄傳奇的中盤左右出現的說法。

我記得是在北神卡爾曼二世增進實力，受到世人認可之後，王龍王國的國王陛下為了除掉他，暗中派出了好幾名刺客，卻都遭到反殺的插曲來著？

「……我想確認那到底是不是真的啦。」

「魯迪烏斯閣下，艾莉絲閣下其實有拿捏分寸。因為我擋下的時候，知道她確實是打算點到為止。」

「啊，好的。既然這樣的話……可是，艾莉絲，既然要做就應該先說一聲啊。我還以為心臟要停了耶。」

「說了不就會被發現嗎？」

是這樣嗎？算了，既然她本來就打算點到為止，說穿了也像是在玩遊戲，應該沒關係吧？

不對，要是因此惹火香杜爾，導致他投靠基斯那邊……

唔——應該是想太多了吧？

被稱為劍士的這群人打鬧的方式，在我的眼中看來還是有點太誇張了。

「所以就算從背後偷襲，你也真的能擋下呢。」

「這個嘛——其實以前做不到。英雄傳奇中提到的那個，也不過是伙伴幫我擋下的。只不過自從我開始收弟子之後，大家都想試試那個傳說，我是在對應他們時自然學會的。」

「原來是這樣啊！」

艾莉絲似乎莫名感動。不過，總覺得聽到這樣的內幕，就不由得會有種「聽到了非常有意義的事情」。

雖然內容並沒什麼大不了。

「不然，我也可以陪妳比劃比劃喔？」

「可以嗎！」

「如果妳願意讓我測試打倒加爾．法利昂的本領。」

香杜爾這樣說著，同時瞥向這邊，眨了眨眼。

怎麼了嗎……不，這是那個吧，算是一種粉絲服務。北神卡爾曼二世是北神英雄傳奇的主角。因為他很受歡迎，想必會有很多像艾莉絲這種晚輩纏著他。

不過，因為艾莉絲是我的妻子，所以香杜爾才特別服務的嗎？

本來我這樣想，但視線卻沒從我身上移開。

「我不會參加喔。況且艾莉絲也比較希望一對一，對吧？」

別看我，去看你的粉絲啦。雖說要是輸了或許會有點不開心，但若是像下指導棋那樣去打，艾莉絲想必也會虛心受教。畢竟她對於比自己強的人其實還滿老實的。

「不是不是，我可以跟艾莉絲小姐交手，相對的我有件事想拜託。」

「當然可以！對吧，魯迪烏斯！」

我希望等聽到內容再回答。

「嗯，畢竟這次事件也承蒙香杜爾先生鼎力相助，如果是我辦得到的事情當然可以。」

「我不清楚你有沒有辦法，因為這件事很困難……」

「……很困難嗎？」

像這樣事先提高難度，會讓人想打退堂鼓啊。

因為連北神卡爾曼二世都篤定說很難耶？我辦得到嗎……不對，我在這二十年幾年來相當努力，就算辦不到，應該也可以幫上什麼忙才是。

「只不過，我認為如果是兩位，應該是有可能的。」

「得麻煩你先說出內容才行。」

「關於這點，就等結束後再說吧。」

你就是這點令人討厭啦。

不過算了，沒關係。

「視內容而定，我會妥善處理。」

反正對方也在顧左右而言他，我也只要隨便敷衍就好。

★ ★ ★

木劍與棍子的互擊，傳來了劈啪聲響。

不，劈啪算是滿柔和的效果音，實際上聽到的是不像木劍與棍子會發出的驚人撞擊聲。

咻砰，轟──喀轟喀轟，嘎轟！像這種感覺吧。超高速的斬擊當中混入了假動作以及牽制，接連不斷揮出，而且這些攻擊全都被擋下了。

我也經常與艾莉絲進行模擬戰，看得出她其實相當認真。

相較之下，我不清楚香杜爾的狀況，但是他看起來似乎游刃有餘，應該沒有使出全力。話雖如此，有時也會有一瞬間露出被逼到走投無路的表情，這代表艾莉絲的攻擊相當有水準嗎？

比試反覆進行了好幾次。

沒有人宣告開始或是結束。

只要彼此在一定距離擺開架式之後，其中一方——雖然多半是艾莉絲——就會發動攻擊，然後在某個瞬間猛然停下。

不過，基本上都是香杜爾的棍子抵在艾莉絲的喉嚨或是心臟這類要害，所以是香杜爾贏比較多。

可是，三次或四次裡面，有一次會是艾莉絲的劍先點到為止。

每當這個時候，就會聽到周圍響起「喔喔」的喧嚷聲。

不知不覺間，觀戰的人增加了。

克里夫與艾莉娜麗潔、札諾巴與金潔、杜加以及斯佩路德族的年輕人，甚至是從阿斯拉王國來的醫生們，都目瞪口呆地看著艾莉絲與香杜爾的比試。

我懂。畢竟非常有看頭。

就算我和艾莉絲交手，也不會這麼精彩。

雖然我只知道兩人速度實在太快，非常驚人，但艾莉絲也是劍王，可以教導別人劍術，是理解術理的人。

而現在她與北神一派的領導者交手，雖然算不上勢均力敵，但也算是僅差一步之遙。

以香杜爾的角度來看，想必她還有稚嫩的地方，但就算扣除這點，打個三四次還是能贏一次。站在旁邊，就可以立刻看出艾莉絲是如何閃過香杜爾的防禦給他一擊。

簡而言之，就算看在外行人眼裡也是不分軒輊。

「嘎啊啊啊啊！」

這樣的比試也終於劃下了句點。

因為艾莉絲連續三次從香杜爾手上拿下一勝。

「呼——」

在下一瞬間，艾莉絲重重地吐了口氣，無力地坐在地面。

「是這種感覺啊？」

「就是這種感覺。不愧是狂劍王艾莉絲，妳的資質相當出眾。」

「是嗎……」

雖然被誇獎，艾莉絲的表情依然很嚴肅。

也對，畢竟她不喜歡輸的感覺。

「而且很老實。不會去做被人提醒過的缺點，而是積極地去展現出被人提醒過的優點。話雖如此，就算別人說的優點不是真的，也不會認為那是單純運氣不好，可以冷靜地想出下一個對策。即使快輸了也不會乾脆地承認自己的敗北，而是尋找勝機，堅持到最後一刻……從劍路當中也能看到一點北神流的影子，妳的師傅是哪位？」

「是奧貝爾。」

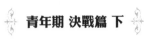

「原來是他啊。真是諷刺。那個男人雖然把我提醒的缺點設法讓自己能夠巧妙運用，可是卻以偏差的方向成長。」

「可是，他的殺手鐧不是那樣。」

「說得沒錯。因為他的本性很老實，他自己其實也很清楚吧。儘管扭曲的道路有自己的強項，但並非是在最後的最後所能依靠。」

氣氛變得有些傷感。

雖然我也不是知道得很清楚，但是在阿斯拉王國交手過的北帝奧貝爾，或許是這位香杜爾的弟子。

因為艾莉絲也受過奧貝爾的教導，所以算是香杜爾的徒孫。

「好啦，既然比試也結束了……」

香杜爾拍了拍手，觀戰的人潮便一哄而散。

就像是在表示看到了好東西，大家臉上都是滿足表情。像克里夫還看著自己的手，握緊拳頭。或許他是在思考「我也要學習劍術」。因為艾莉娜麗潔立刻用雙手包裹他的拳，想必她會好好控制住吧。克里夫學長就算不學什麼劍術，也已經十分了不起，所以沒那個必要。

香杜爾則是在拍完手後順勢搓了又搓，並轉向我這邊。

「那麼，魯迪烏斯閣下、艾莉絲閣下。我有事要鄭重拜託兩位。」

好啦，北神大人究竟會提出什麼要求呢？

香杜爾看起來難得這麼緊張，嘴角不斷抽動。他似乎在猶豫該如何啟齒。

「我想請兩位鄭重介紹瑞傑路德閣下給我認識。」

……介紹瑞傑路德？

「那是為什麼？」

難道說，香杜爾是喜好男色的那種人士？

因為他已經有小孩，我還以為他跟一般人一樣喜歡女性……難道是上了年紀後改變了興趣之類？也有可能是當上阿斯拉王國的騎士之後，染上了不良嗜好？

這件事應該要向香杜爾的母親報告比較好嗎？我想知道她(阿托菲)會有什麼樣的反應。

當我胡思亂想的下一瞬間，香杜爾繼續接著說下去。

「然後，我希望務必拜託他說出當時的實情。魔神拉普拉斯被打中最後一擊，直到封印為止，關於那瞬間的來龍去脈。」

「呃，北神一世應該是你父親沒錯吧？你沒問過他嗎？」

「父親在最後的瞬間不省人事，不清楚事情的來龍去脈。此外，我以前遇見佩爾基烏斯大人時也曾問過他，可是他沒有回答……烏爾佩大人，直到最後我都沒能見到他……」

噢，原來是這樣啊。

香杜爾想知道拉普拉斯戰役的結局，尤其是與魔神拉普拉斯決戰的詳細經過，可是苦無機會得知。

無法從「殺死魔神的三英雄」——北神卡爾曼、甲龍王佩爾基烏斯以及龍神烏爾佩那邊問到，正當他已經放棄的時候，這次運氣很好，成功遇見了隱藏在歷史的最後一名人物。

在最後決戰，打中拉普拉斯一擊，協助逆轉局勢的男人。

「Dead End」瑞傑路德・斯佩路迪亞。

確實，如果是他應該知道。

「知道那種事情後，你打算做什麼？」

「咦？你不想知道嗎？那是真正的英雄傳奇喔。和我這樣為了出名而周遊世界各地，一頭栽進可疑事件，到頭來好不容易才把事情導向正軌的嬉鬧版英雄傳奇不同，而是為了拯救世界，明知自己力有未逮，卻抱著必死的覺悟戰鬥的，真正的英雄們最後戰鬥的結局！」

我知道北神英雄傳奇的內容。

儘管不清楚這個世界的作家是怎麼加油添醋，但他的英雄傳奇相當精彩。

儘管細微部分會根據各個章節而有不同，但以整體來看就是在世界各地旅行、懲奸除惡、拯救弱小那種感覺的故事。

被他所救的人大有人在。無論他自己是怎麼想，我依然覺得相當了不起。

相對的，瑞傑路德的故事就很悲劇。

雖說是遭到陷害，他還是殺死了所有家人，導致一族陷入全滅的危機。

基本上沒有任何人得救，沒能完成任何事情。也是導致斯佩路德族必須在這種地方苟且偷生的主因。

我想幾乎沒有可以自豪的部分。他本身也不太想積極地講這件事。

只要我去拜託……確實，他或許會願意說明，但他肯定不是很想說這件事。

我這樣思考，並望向艾莉絲，發現她的眼神閃閃發亮。

「我也想聽！」

也對，如果說我不想知道，那就是騙人的了。

★★★

瑞傑路德正在用餐。

他的家整理得莫名乾淨。到處都有仔細打掃……沒有到那麼誇張，但至少可以看得出來家裡每天都有掃過。

瑞傑路德雖然不會弄亂東西，但也不是會去在意累積在房間角落或是窗邊灰塵的類型。

然而，現在房間裡面像那種地方都有被仔細地打掃過。

不過，還是有點草率。

如果在我家當女僕的妹妹看到，想必會說「哎呀，怎麼會掃成這副德性！」。

不，她不會說吧。愛夏看到積著灰塵的窗邊，只會半睜著眼嘆氣，就像在表示「連掃個地都不能好好掃嗎？」。記得莉妮亞在我家當女僕時，我曾經看過那樣的光景。

不管怎麼樣，雖然不夠完美，但打掃這間房間的專家究竟是誰呢？

叮咚！喔，好快，魯迪烏斯同學請說！就是坐在瑞傑路德旁邊，勤快地把類似雜燴粥的物體盛到容器裡面的諾倫．格雷拉特小妹妹！正確答案！魯迪烏斯同學得到一個洛琪希人偶！太好了！

如此這般，諾倫在瑞傑路德的旁邊，以有點吃驚的表情看著這邊。在用餐的時候突然一堆人進來，也難怪她會嚇一跳。

不過，這件事情先暫時放到一邊。

「怎麼了？出了什麼事？」

瑞傑路德用疑惑的表情看著這邊。

「嗯，首先是這邊這位，他好像想鄭重地和瑞傑路德先生打聲招呼。」

我以手掌示意香杜爾後，他立刻端正姿勢。

「在下香杜爾．馮．格蘭道爾，真名北神卡爾曼二世，亞歷克斯．雷白克！這次，能親眼見到在那場拉普拉斯戰役的致勝關鍵，身經百戰的英雄，瑞傑路德．斯佩路迪亞先生，實在倍感榮幸，今後請多多指教！」

香杜爾非常緊張。與平常捉摸不定，綽有餘裕的他很難聯想。

不過，說得也是。

以他的立場來說，在拉普拉斯戰役存活下來的戰士們，算是自己上一世代的傳說。

我雖然不是很能理解，但那種感覺以不良漫畫來說，就是「在過去曾經稱霸全國，締造傳說的飆車族成員」吧。

對於在比較和平的世界爬到全國頂級水準的飆車族老大來說，自然也得對他們的豐功偉業低頭致敬。

「……作為一名斯佩路德的戰士，感謝你在這次戰役中的協助。」

可是瑞傑路德也是很講禮數的男人。

他就像是突然想到忘記說了那般，快速地低頭致意。

「啊啊，請抬起頭！」

看到這個動作，香杜爾當然會很驚慌。

他們就好比是日本人那般，對彼此低頭致意。

順帶一提，艾莉絲早已坐下，讓諾倫幫她盛了一碗雜燴粥。想必是因為動了太久肚子餓了吧。

她毫不客氣地大口吃著，感覺很好吃。

由於諾倫也把雜燴粥端到我眼前，我也順勢開動。

相當不錯，儘管沒有到超級好吃，可是我做的話肯定不會這麼好吃。不對，應該可以做得再稍微好吃一點……像這樣，讓人不知道該抱持什麼感想。

「真好吃！」

「謝謝妳。」

「這是諾倫做的嗎？」

「是。」

聽到這樣的對話，我又看了一眼雜燴粥。

想不到居然是諾倫親手做的料理。她是在什麼時候學會煮飯這種高等技能的？

儘管我不免會這樣想，但諾倫畢竟也是妙齡少女，而且在這個世界也有類似新娘課程那種概念，煮飯應該算是必備技能吧。

想到這點，突然覺得很好吃。

諾倫也逐漸地在成長了呢，哥哥很高興喔。

這樣的感情成為調味料，使得雜燴粥的味道增幅十倍甚至一百倍。

已經是毒品了。

不過，還是先辦正事要緊。

「所以，瑞傑路德先生，我帶這位香杜爾先生來這裡，是因為他說有事情務必想向你請教。」

「想請教我？」

「是的，對於瑞傑路德先生來說，或許不太想提起這件事。」

先打了預防針後，我把來意告訴瑞傑路德。

我說香杜爾對瑞傑路德……以及打倒拉普拉斯的成員真的是尊敬到不行，很想知道那場戰鬥的全貌。

另外我也告訴他因為香杜爾父親，北神卡爾曼（一世）在那場戰鬥身亡，身為兒子的他自然會想釐清死亡的真相，根據到時的答案，或許還會想為他報仇，說出了令聽者傷心聞者流淚的，香杜爾前半生的故事。

「魯迪烏斯。」

「是。」

「為什麼要撒那種謊？」

「一時興起就……」

北神卡爾曼在與魔神拉普拉斯的戰役中活了下來，是眾所周知的事實。

因為後來他單槍匹馬殺進魔神阿托菲的住處，降伏她之後，兩個人還結了婚。

不然香杜爾也不會出生。

順帶一提，他後來發生了不少事，在世界各地旅行，據說最後死在王龍山脈。

「呵，你依舊沒變啊。」

若是以前的瑞傑路德，看到像我這樣可疑的成年男性胡言亂語或許會火冒三丈，但他現在已經明白這是在開玩笑。可以感受到他對我的信賴。

「不過，香杜爾先生想聽的理由或許並沒有什麼大不了，但不介意的話，就麻煩你告訴他吧。」

「並不是什麼了不起的事情。」

像這樣打了預防針後，瑞傑路德開始敘述往事。

從長槍的詛咒中解放的瑞傑路德，遭到了別的詛咒侵蝕。

就是名為復仇的詛咒。

在這樣的心情驅使下，瑞傑路德衝向拉普拉斯的所在處，當他抵達的時候，決戰已經開始……不僅如此，甚至就要劃上句點。

北神卡爾曼倒下，佩爾基烏斯的十二精靈除了一人之外已全數消滅，佩爾基烏斯自己也遍體鱗傷，雙膝跪地。

只有烏爾佩勇敢地在戰鬥，可是從旁人的眼中一目了然，他完全遭到拉普拉斯壓制。

相對的，拉普拉斯這邊雖然消耗了體力，但看起來似乎還綽有餘裕。

瑞傑路德在這種狀況下依然冷靜。

看到欺騙了斯佩路德族，將他們幾乎逼到全滅的拉普拉斯，他卻是壓抑殺氣，仔細觀察。

拉普拉斯很強。但是，瑞傑路德對於目前正在戰鬥的三人也有模糊印象。

尤其是北神卡爾曼與龍神烏爾佩，在瑞傑路德神智清醒的時候曾經交手過好幾次。

雙方都是實力出眾的高手。尤其是烏爾佩，就算是瑞傑路德，正面一戰也絲毫沒有勝算。
在佩爾基烏斯身旁的天族女性，看起來也是有相當實力的高手。
然而儘管如此，拉普拉斯依然活著。雖然體力有所消耗，但還綽有餘裕。
即使自己憤怒地衝過去打中一擊，或許也殺不了他。
瑞傑路德這樣心想，便決定等待能確實收拾他的機會，然後好像在拉普拉斯的體內找到了「某個東西」。
在拉普拉斯的體內存在著高速移動的「某個東西」。儘管不清楚那東西的真面目，但瑞傑路德透過長年的直覺，推測那就是拉普拉斯的弱點。
沒有時間證明他這個推測。
眼前的拉普拉斯打算給佩爾基烏斯最後一擊，而烏爾佩挺身接下了這擊。烏爾佩因此受了重傷，戰況至此，已經沒希望取得勝利。
拉普拉斯露出勝利的笑容。
在下一瞬間，瑞傑路德從背後靠近他，打中了一擊。
打中了他推測是弱點的「某個東西」。
結果有了戲劇性的變化。拉普拉斯突然開始感到痛苦，因為憤怒而忘我，對瑞傑路德使出反擊。
儘管沒有當場死亡，卻發生了某種變化。

話雖如此，瑞傑路德能做的也只有這樣。
拉普拉斯完全壓制了瑞傑路德。
拉普拉斯的魔眼讓瑞傑路德的動作變鈍，拳擊穿過防禦打碎骨頭，可是瑞傑路德的攻擊卻被輕易擋下。
簡直就是封殺，如同在扭斷孩子的手那般，瑞傑路德已經是遍體鱗傷。
到此為止了嗎……瑞傑路德如此心想，打算奮不顧身地發動自殺攻擊的瞬間，地面發出亮光。
地面發出的蒼白亮光，令周圍都漂浮起來。
是魔法陣。仔細一看，烏爾佩雙手貼在地面，正在詠唱某種咒語。
就在拉普拉斯大喊「這莫非是！」的下個瞬間，魔法陣就發出了驚人的光芒。
瑞傑路德的視線被奪走了。
但是，斯佩路德族的第三隻眼確認拉普拉斯的肉體與魔力都遭到徹底撕裂，耳朵聽見了拉普拉斯的死前慘叫。
「別以為這種程度就殺得了我！人——人——！我絕對會殺了你！要消滅你！我一定，會把你、把你……」
據說那就是拉普拉斯最後的遺言。
「關於那招，我並不是很了解。」

「那是『龍神冥送（Dragonic Remnant）』！佩爾基烏斯大人從古文書當中復活的，用來對付拉普拉斯的決戰魔術！」

「原來如此。」

又是這麼中二的名稱。

難道龍族就非得把自己的招式取那種名字才行嗎？算了，其實我也不討厭。

「這樣啊，原來最後還是有確實使出那招……而且用的人是烏爾佩大人……我懂了，烏爾佩大人之所以會在決戰之後立刻死去，是因為激發了那個法術……原本負責發動那個法術的應該是佩爾基烏斯大人……這麼說，原來如此，佩爾基烏斯大人之所以會不願談起那件事，是對不中用的自己感到羞愧啊。說不定他認為殺死烏爾佩大人的人是自己，為此自責……一切，一切都說得通了……！」

香杜爾自顧自地接受了一切。高速自言自語的感覺頗像阿宅，讓我想起前世的自己，有點害怕。

我雖然聽了剛才的話之後也無法完全理解，不過簡而言之，佩爾基烏斯在最終決戰的任務是使用那個魔術，卻因為遭到拉普拉斯痛扁了一頓而無法完成使命，而且還受到烏爾佩保護，甚至連發動魔法陣的工作都交給烏爾佩完成，也因此導致烏爾佩驟逝。應該是這樣吧？

這樣的話他肯定無地自容。如果是我，可能會直到洛琪希幫我療傷之前都閉門不出……

也難怪他四百年來都在空中閒晃，苦苦等待拉普拉斯復活的前兆。他肯定在私下發誓，這次一定要由自己完成使命。

「咦？可是既然決戰魔術都發動了，拉普拉斯應該死了吧？」

「據說他們當時是認為打倒了沒錯，可是佩爾基烏斯大人後來去調查拉普拉斯的城堡之後，發現他已在事前做好準備，萬一自己死去，總有一天也會透過轉生復活，所以才會用拉普拉斯遭到封印這種講法。」

「……這樣啊。」

瑞傑路德的表情變得嚴肅。

他可能是在想，要是拉普拉斯復活，自己也非得戰鬥才行。

可是雖說會復活，但既然是轉生，代表已經死了。事實上也算成功殺死一次。

對不起，我之前居然恥笑他們是「（沒有）殺死魔神的三英雄」……

「在那之後的事情我不清楚。因為我之後就和他們告別，回到了魔大陸。」

後來四百年，他為了拯救斯佩路德族竭盡心力，直到現在。

重新聽過這段故事，會覺得他的人生過得很辛苦，幸好他能在這塊土地找到倖存者。

真的是太好了。

畢竟恢復名譽那方面也很順利，在我活著的期間，可能會從「半夜不睡覺會有斯佩路德族來把你吃掉喔」，換成「雖然半夜不睡覺會有魔物出現，但斯佩路德族會來救你」這樣。

呵呵，這下子會出現一群熬夜的小孩啊。

「多謝你這段寶貴的故事！哎呀，我實在沒想到會在這種地方遇到你！太感動了！解開了我長年的迷惘！」

香杜爾露出心滿意足的表情，反覆低頭道謝。

艾莉絲也吃著雜燴粥，興味盎然地聽著這段故事。

她之所以沒像以前那樣眼睛閃閃發亮，問著「然後呢？然後怎麼樣了？」，或許是因為她有自知之明，知道自己目前正處於這種戰鬥的漩渦當中。

仔細想想，艾莉絲也去了各式各樣的地方，進行了多采多姿的冒險，與形形色色的敵人戰鬥過了……

不過，因為主要是陪在我身邊，她可能沒有那麼滿足吧。

「好啦，今天就——」

香杜爾才起身到一半，就在這時。

「打擾了！」

隨著一聲大嗓門，入口的門也同時砰一聲飛了過來。

艾莉絲立刻挺起身子，踢開飛過來的門，接著運用這股反作用力迴轉並踏出步伐，拔刀。

朝著亂入者使出一記直劈。

「咯咯咯，真是急性子的傢伙……不過，這才是我認同的勇者。」

空手奪白刃。

艾莉絲的超高速斬擊，被闖入者漂亮地接下來了。

「可是別著急。我只是來見這個家的主人。」

不死魔王阿托菲拉托菲．雷白克。

恐怕是這個世上最無法溝通的人。

至於她有多聽不懂人話，恐怕連艾莉絲與奇希莉卡都望塵莫及。

「久違了，瑞傑路德．斯佩路迪亞～～？」

然後，她咧起嘴巴笑了，表現出魔王風範瞪視瑞傑路德，將彷彿蛇那般扭曲的話說出口。

順帶一提，是魔神語。

「嗯，久違了，魔王阿托菲。」

瑞傑路德也是用魔神語。

「咯咯咯，我記得很清楚喔。別看我這樣，記憶力可是很好的。自從在巴比諾斯地區追著你之後就沒見過了吧？」

「……」

「沒想到，你居然會在這種地方造了自己的巢穴。」

瑞傑路德流下冷汗。

即使是瑞傑路德，似乎也不擅長應付阿托菲。

「好了好了，陛下，現在先冷靜下來，斯佩路德族在拉普拉斯戰役失控，其實是拉普拉斯一手策畫的。」

「什麼？」

我對阿托菲說出了斯佩路德族遭到詛咒的經過。

說者流淚，聽者悲愴。拉普拉斯邪惡殘忍的陷阱。斯佩路德族沒有錯。

阿托菲頻頻點頭聽我這樣說明，不久後大喊：

「囉唆！別在那說些莫名其妙的話！」

看來是太難了點。

我為了尋求幫助望向香杜爾，他就像是在表示「交給我」似的點頭。

「魯迪烏斯閣下……母親遭到封印，是在斯佩路德族收下魔槍之前，或是在收下之後沒過多久那陣子。你這樣說她也不明白的。」

「啊，原來是這樣啊……那為什麼她要追著瑞傑路德先生到處跑呢？」

「反正她肯定不記得理由啦。對吧，母親？」

「唔……不，我記得。是人民！因為人民求我幫忙！」

也對啦。

八成是瑞傑路德在哪裡打算拯救小孩，結果有人誤以為他要襲擊小孩，所以才會直接向雖然很恐怖卻又值得信賴的魔王陛下投訴。

求求您處理一下那個「Dead End」——這樣。

「不管怎麼樣，一切都是拉普拉斯幹的好事。現在請看在我的面子……原諒他吧。」

我本來想說既往不咎，但打消了這個念頭。

要是用太難的講法，她搞不好又要抓狂。

「咯咯咯，哈哈，啊～哈哈哈哈哈！好吧！我和某個器量狹窄的龍族不同！原諒你吧！」

「……」

說不定，沒辦法釋懷的反而是瑞傑路德。

換個角度來看，也可以說是阿托菲在積極地迫害斯佩路德族。

「可是瑞傑路德，這個村裡的人是怎麼搞的？弱到無法想像是你的部下。那群精悍的斯佩路德族怎麼了？」

「大家都死了。」

「這樣啊？這麼說來，在魔大陸也沒看到斯佩路德族了。」

「……」

不對，瑞傑路德看起來理解這個狀況。

他知道魔王阿托菲拉托菲．雷白克是無法用道理溝通的。說起來，她甚至有可能對迫害斯佩路德族這件事沒有自覺……換句話說要是真的去恨她，反而會讓自己看起來像個白痴，瑞傑路德理解這點！

沒錯。

不過仔細想想，我不認為阿托菲會用陰險的手段迫害他們。與其用迫害的方式，該怎麼說，感覺她會正面發起戰爭消滅他們。

「咯咯咯，瑞傑路德・斯佩路迪亞。我對你有很高的評價。如果你願意成為我的部下，我就放過村裡的人。」

「母親，妳說會放過他們，但要是被拒絕妳打算怎麼做？該不會要把他們趕盡殺絕吧？這種事，在場的任何人都不會允許喔？」

香杜爾的目光銳利。

收起了平常那種自在且詼諧的氛圍，以甚至會感覺冰冷的表情瞪視阿托菲。

「唔……嗯……」

「我可以理解妳想收他為部下的心情。因為我也是一邊聽爸爸說著斯佩路德族戰士團的強悍一邊長大的。既然是他們的戰士長，會想挖角也是理所當然……可是，雖然媽媽不太擅長這種事，但程序是很重要的。」

真驚人。原來阿托菲也會聽自己兒子的話啊。

不過話又說回來，不愧是香杜爾，漂亮地打了圓場。

「所以，瑞傑路德先生，你要不要學看看北神流呢？」

不行。要是點頭同意就會被強行帶到涅克羅斯要塞。這是黑心招募。

「若是瑞傑路德先生，想必很快就能成為北王或是北帝，一旦成為北神流的門徒，斯佩路德族在世人之間的評價應該也會變好。因為阿斯拉王國的陛下與魯迪烏斯閣下的關係也很親密，一旦成為北神流的門徒，即使是斯佩路德族應該也能任命為騎士才是。」

香杜爾滔滔不絕地勸說瑞傑路德。

不過，他的企圖顯而易見，總之就是想和尊敬的人在同一個職場工作。

以我個人立場來說，我是認為這樣也沒差。

如果畢黑利爾王國拒絕接納斯佩路德族，只要能讓他們移住到阿斯拉王國那邊，應該就能在愛麗兒的主導下保護他們。

儘管住的場所也需要稍微思考一下，比方說位於阿斯拉王國北側的森林。我們當初透過祕密管道潛入阿斯拉王國的那個地方如何？

那裡非但不屬於任何國家，而且誰也無法抱怨。

斯佩路德族的成員雖然好像再也不想旅行，但只要忍耐一次就能高枕無憂，這麼做肯定比較好才是。

「我很感謝你的邀請，不過我暫時不打算離開這個村子。」

然而，瑞傑路德卻這樣說道。

「這樣啊……不好意思，我有點操之過急了。」

也對，畢竟村子規模也變得相當大了。

人一旦決定住處就會不想離開，而且說真的，可以的話我希望他們在這邊繼續努力。

「咯咯。總之，瑞傑路德．斯佩路迪亞。我是來見你的！」

「嗯。」

「咯咯、咯咯咯……別那麼害怕。我們現在是同伴。所謂的魔王，即使會和同陣營的強者互相較勁，也會打從心底認同對方。沒錯，我認同你的本事。對你有很高的評價也不是胡說。因為斯佩路德族的戰士團真的很強。」

「……是啊。他們是一群出色的戰士。」

阿托菲或許是因為被香杜爾教訓過了，態度顯得較為友善。

她原本就不是來吵架的吧。

是因為看到令人懷念的臉孔，才自然而然地來打聲招呼，就像那種感覺吧。

「……」

我突然感覺到一股視線，望向該處之後，發現諾倫正露出困擾表情看著我。

雖然因為她的存在感變小所以沒注意到，但是她坐的位置，正好在阿托菲與瑞傑路德中間。

她的眼神正在向我求救，要我快想想辦法。

我搖搖頭示意她我無能為力後，她的表情看起來都快哭了。

第九話「與鬼神和解」

大戰之後過了四天，這時作為使者派去第二都市伊雷爾的成員回來了。

他們帶回了畢黑利爾王國那邊的答覆。

對方將內容整理成一封公文，上面記載著密密麻麻的各種事項。

「畢黑利爾國王想要見你。他說只要處理好鬼島那邊的戰力，就可以考慮斯佩路德族的去留。」

不過，把答覆歸納一下就是這種感覺。

總之，允許這個村子繼續存續的可能性很高。

儘管是以相當快的速度給了回覆，但或許是急忙寫下的，文字看起來很凌亂，但印璽是真的。

至於鬼島方面的戰力，是指阿托菲留在那裡的穆亞他們。

聽說他們遵照阿托菲的命令把鬼島的村人當作人質，目前正守在該處。

就目前看來，鬼神並沒有打算不惜一切打倒他們……

嗯，總之就是要討論一下該如何善後吧。

「……好。」

我們這邊除了斯佩路德族的事情之外，並沒有過分的要求。

儘管必須問出基斯的事情，但也就這樣

「既然這樣，我們走吧。」

帶幾名斯佩路德族一起去吧。

雖說得根據交涉狀況而定，但既然今後斯佩路德族要住在畢黑利爾王國，為了讓對方接納他們，好歹得先露個臉才行。否則類似這次的狀況難保不會再次發生。

不過，看到斯佩路德族的市民團體，也有可能反過來發起示威遊行之類，實在很想舉辦一個鬼神與斯佩路德族族長握手言和的典禮呢……

我像這樣胡思亂想，並選好了成員。

為了預防戰鬥發生，有艾莉絲、阿托菲、香杜爾以及瑞傑路德。

負責交涉的是米里斯教團的克里夫，艾莉娜麗潔也陪克里夫一起去。

再來是帶上了兩名斯佩路德族的戰士，就這些成員前往首都。

剩下的人就在斯佩路德族的村子防止敵人偷襲。

另外，雖然不是成員，但也要送還俘虜。

不過說實話，對方沒有要求我們送還俘虜。這實在很悲傷。

不過，我們要展現誠意。

話雖如此，交涉也有可能決裂，還是留下一個作為保險吧。

我這樣心想，移動到俘虜所待的小屋。在小屋裡面，兩名俘虜沒有交談，只是呆坐在那裡。他們一看到我，便投以懷疑的眼神。

「兩位覺得斯佩路德族的村子如何？」

「……」

「是個很不錯的地方吧？不僅有許多美女，孩子們也很有精神。雖說伙食有點狂野，但味道應該不差。戰士們雖然都很冷淡，可是，你們應該也能理解他們對人族沒有攻擊性了吧？」

雖然只有幾天，但我讓俘虜在此自由活動。

當然，我有另外請人看著他們，而且也取走了武器，為了確認他們沒有變裝，也扒光過身上的衣服，但除此之外都是以款待客人的精神以禮相待。

畢竟我也耳提面命地叮嚀過斯佩路德族的人要把他們當作客人對待，實際上斯佩路德族對俘虜也很友善。

村民並沒有拘禁他們。

如果是在村子裡就可以自由走動，只要有斯佩路德族的護衛跟著，也允許他們走到村外。

並不是擔心他們會逃走，而是擔心他們遭到透明狼襲擊。

這兩天還順便帶他們去狩獵透明狼，也請他們確認過透明狼是什麼樣的魔物了。

至於伙食，都是在這一帶能採到的東西。

雖然還是有點怕會罹患疫病，但無奈的是這裡也沒有其他東西可吃。
總之，我是請他們配著索咖司茶一起喝下。
「……嗯，至少知道我們比想像中還要受謠言所惑。」
騎士們遭到俘虜時雖然表情一臉絕望，但現在已經放鬆了。
我不認為自己已經把斯佩路德族的優點都告訴他們了。
但至少留下了一些好印象。
讓其中一個人再稍微體驗一段時間吧。
不過要是我一離開之後，另外一人就撕下臉上的面具說「咯咯，其實我是人神的爪牙啦」之類的就恐怖了……
算了，我當時是隨機挑選的，而且帶回村裡時也再三檢查過身體。
更何況這次也讓奧爾斯帝德與克里夫仔細確認過了，我們的同伴也有好幾人留在這裡……應該不要緊吧。
「由於接下來要與貴國交涉，我要帶其中一位回去。我希望由地位高的那位留在這裡，可以嗎？」
「知道了。」
一名騎士點頭，另一名則是挺起身子。
真是老實。

萬一這兩個人有私人恩怨，想趁機拋下另外一人就糟了呢……

算了，畢黑利爾王國姑且也說會答應我方的條件。

那麼要是不當面對話，事情也沒辦法有進展。

抱著這種想法，我們從斯佩路德族的村子出發了。

★★★

又過了四天。

與國王的交涉很乾脆地成功了。

畢黑利爾王國的國王相當害怕。儘管態度表現得像個國王，但他不僅在意我的一言一行，也對艾莉絲、瑞傑路德以及阿托菲這幾個人嚇得發抖。

不過，會怕阿托菲是可以理解。畢竟她很可怕，連我也會發抖。

而他說了，自己只是遭到劍神與北神威脅。

儘管用裝模作樣的方式講得拐彎抹角，但他是這樣解釋的。

姑且還是要求他把戒指全都拔下，並對他用了吸魔石，看樣子並不是基斯喬裝的。

可是，基斯果然與這件事有關。

完全上了他的當。

不管怎麼樣，我提出俘虜的名字，態度強硬地交涉之後，他立刻表示只要能處理鬼島上的戰力，就會全面承認斯佩路德族。

我們這邊也不打算提出無理的要求，像是敲詐高額的賠償金或是割讓領土。

只是希望他們願意承認原本就居住在這國家，幫助了這個國家的人們。

而且，強行派出討伐隊而導致現狀的原因，是因為基斯擅作主張。

身為國王的他，想必也只能忍氣吞聲。

順帶一提，要是他們現在不用我方要求，就會和鬼族斷絕關係。等於畢黑利爾王國對鬼族的俘虜見死不救。

與鬼族關係密切的這個國家，要是與鬼族斷絕關係，也意味著這個國家的滅亡。

★ ★ ★

如此這般，我們來到了第三都市黑雷魯爾。

從這個港口都市往大海望去，可以隱約看到遠處有座猶如火山的島。

我決定在這裡待命，交給阿托菲與香杜爾渡海過去鬼島，與鬼神進行交涉。

也就是把阿托菲與香杜爾作為使者派去鬼島。

儘管我自己也想過去鬼島，但無奈一式無法上船。

因為沒有船能承受一式的重量。

在不清楚鬼神會採取什麼行動的狀態下，結論就是最好別離開一式。

只要順利地與鬼神完成交涉，解放鬼島上的俘虜，在畢黑利爾王國的事情就結束了。

順帶一提，斯佩路德族獲准不用住在地龍之谷那帶，可以直接住在森林的入口附近。

儘管到最後還是不清楚疫病的原因，但這樣一來應該也能遠離病因。

到時移住勢必得費一番工夫，但我的工作幾乎算是告一段落了。

雖然最後還是得考量到與鬼神戰鬥的可能性……

但劍神與北神都已經不在。應該有勝算。

就算基斯還留有戰力，一旦戰況吃緊，也可以暫時先回森林，重整態勢。

「……」

我一邊這樣思考事情，一邊在艾莉絲與瑞傑路德的護衛下爬上燈塔觀看大海。

久違的海真是不錯。

海又寬又大，呈現在晴空底下的大海另一端，可以隱約看到在遠方的水平線上有座島，據說那就是鬼島。

既然叫鬼島，我本來以為島的形狀與鬼的外貌相像，但其實意外普通。

好像是所謂的火山島，從山上冒出類似煙霧的東西。

像這樣看過去，雖然令人感到雄偉以及毛骨悚然，但不會感到不祥。

如果真要分類，反而給人質樸的感覺，像是會有溫泉之類的。可能只是因為住的是鬼族，所以才會命名鬼島吧。

當然，我爬上燈塔也並不是為了眺望大海。

理由是大海上的一點。

逐漸靠近鬼島的一艘船，阿托菲與香杜爾所搭的船。

我站在這座燈塔上，同時用千里眼守望他們的交涉。

而且一旦交涉失敗，鬼神開始發飆，或是基斯冷不防地出現在交涉現場，我也可以從這個位置擊發大規模的魔術。

這個計畫會牽連到鬼島上不相關的鬼族，也有可能讓我們與畢黑利爾王國的交涉告吹。

可是，若是基斯真的出現，我就會動手。

「……嗳，魯迪烏斯，你看得很清楚嗎？」

「看得見喔。要說明嗎？」

「不需要。」

我對艾莉絲這番話露出苦笑，繼續偵查。

我用千里眼能看見的只有島的一部分，集中在海濱。只是，我可以看到人們聚集在那塊特別容易看到的位置。

我們把那裡當作交涉的地點。

在海濱可以看見身材格外巨大的鬼族，也就是鬼神馬爾塔。而且在他的周圍站著好幾名看似戰士的鬼族。從幾個人身上纏著繃帶的這點看來，雙方似乎已經發生過數次衝突。

與他們對峙的，是身穿黑色鎧甲，一群令人毛骨悚然的騎士。

那是阿托菲親衛隊。穆亞也在其中。

或許他們也多少受了點傷，但外表看起來沒有任何傷害。

不愧是親衛隊，這代表他們的實力遠遠在鬼族的戰士團之上。

話雖如此，要是與鬼神戰鬥的話也很難說。不過他們現在把村子挾為人質。應該沒有再打起來吧。

另外，阿托菲親衛隊後面的或許是人質吧，可以看見有大約五名鬼族婦孺被綁著。

可是，既然發生過衝突，想必也有人犧牲。

說不定會因此產生糾紛。

我這樣心想，戰戰兢兢地看著前方，可是在阿托菲與香杜爾抵達後，他們很乾脆地釋放一半的人質，鬼神與香杜爾之間進行了一些交談，然後便就地解散了。

雖然不清楚他們說了什麼，但鬼神看起來很失落。

千里眼的缺點就是聽不見聲音。

★　★　★

「魯迪烏斯！」

我在第三都市黑雷魯爾的旅社睡覺，突然被艾莉絲的聲音吵醒。

「……怎麼啦甜心，再讓我稍微睡一會兒啦。」

我一邊這樣心想一邊打算揉她的胸部，手立刻被拍掉了。

老公真壞，好暴力喔。不過是我不對。明明在禁慾還想摸人家。

「來了！」

「什麼來了？」

「那傢伙啊！」

艾莉絲這樣喊完，便立刻奪門而出。

希望她不要再用感覺跟別人對話。像我這種充滿知性的人，沒辦法理解曖昧的詞。

「那傢伙……？」

我雖然摸不著頭緒，依舊挺起身子。

揉了揉睡眼惺忪的眼睛，同時望向窗外，發現在旅社前面聚集了一群長著暗紅色頭髮的集團。

「——是那傢伙嗎！」

我慌張地衝出房間，跑向一樓。

「……」

鬼神在旅社前面盤腿坐著。

他的周圍站著一群鬼族的年輕人，以沉痛的表情注視著他。

就像是與他們對立那般，艾莉絲與瑞傑路德幾個人正拿著武器待命。

當我往前走，人牆便讓出了一條路。

我走到鬼神面前。

香杜爾見狀，便走過來向我咬耳朵。

「鬼神似乎想要談和。由於不太像是陷阱，我便把他帶來了。」

「……明白了。」

既然不想再繼續戰鬥，我也不會說Ｎｏ。

儘管我不清楚香杜爾是怎麼想的，但我不認為這是基斯的策略。就我看來，艾莉絲、瑞傑路德以及阿托菲他們幾個好像也沒有在提防他。

這表示有某種感覺，讓他們這類人物認為可以解除警戒吧。

「……」

鬼神惡狠狠地瞪了我一眼後，便用試探的聲音向我詢問：

「……你，就是頭目嗎？」

「是。我叫魯迪烏斯·格雷拉特。是負責人。」

「俺，馬爾塔。」

我一低頭，馬爾塔也維持坐姿低頭回禮。

「有話，要說。」

「……我們也有些事情想請教你。」

我模仿鬼神，在地上盤腿而坐。

畢竟對方也是這個姿勢，我認為這樣並不會失禮……我才剛這樣想，鬼神身旁的年輕人便立刻過來伺候我，並在我與鬼神面前放了個酒杯。

是酒杯。

他們接著馬上在酒杯倒滿液體。我的杯子裡面八成是這一帶的酒。

而鬼神的杯子裡面是黑色液體，大概是醬油吧。

又是醬油又是味噌，難道這一帶的文化與日本很接近嗎？

「喝吧。」

「我不客氣了。」

鬼神一口氣乾了，我也效法他的動作。一口喝乾或許是種禮儀……但要是喝醉就不好了，所以我只啜了一口。

不過，接下來該從哪裡說起才好。

首先當然是關於基斯的事吧。問他：你是不是使徒？

從外貌看來，鬼神閣下的腦袋似乎不是很靈光。必須要把困難的事情用淺顯易懂的方式，簡潔地告訴他才行。就像在教艾莉絲事情那樣，要很溫柔。

「俺，聽說了。」

我稍微猶豫了一下，結果是鬼神先開口。

「魔王，襲擊村子，搶奪食物。不可原諒。可是不戰鬥的，大家都活著。」

鬼神這樣說完，環視了周圍的鬼族。

大家都活著……？

我以為就算只是起了一點衝突，應該也會有人犧牲……不，他的意思是「非戰鬥員」當中沒有犧牲者嗎？

阿托菲似乎也懂得區別他們的不同。

不，八成是穆亞的作戰計畫吧。

「俺，弄壞了，你的家，可是你那不戰鬥的，留了活口。彼此彼此。」

「……」

「鬼族，保護國家。國家，承認輸給你了。俺，是鬼族頭目。已經，沒理由戰鬥。握手，言和。」

他不原諒阿托菲襲擊村子。

可是，他自己也襲擊了我的事務所。相對的，他也沒有攻擊非戰鬥員，所以是彼此彼此。

鬼族雖然有保護國家的義務，但國家早已認輸。

身為鬼族的頭目，他判斷沒有理由繼續戰鬥，所以想談和。

應該是這樣吧。

「關於基斯那邊，沒關係嗎？他應該有拜託你做什麼吧？」

「基斯，說你，會毀滅國家。所以，俺才幫忙。可是，基斯逃了。你，沒有毀滅國家。再打下去，國家，還有鬼族，都會滅亡。」

基斯說我會毀滅畢黑利爾王國。

可是，我並沒有這麼做。不僅如此，基斯還逃走了。

再繼續打下去，國家與鬼族肯定都會滅亡。

「基斯，說謊了。再也不信。」

然而，我並沒有毀滅國家，一切都是基斯的謊言。

「俺，投降。俺，死也可以。可是，不戰鬥的，希望，你饒命。」

鬼神這樣說完，將那龐大的巨軀往前倒。

這個姿勢接近下跪。

周圍的年輕人都一臉沉重。他們想必是覺得我很有可能在這裡殺死鬼神。

殺死敵人，此乃天經地義。

而且，他們就算百般不情願，也打算遵從這個規則。接受鬼神一死，他們就得以苟且偷生的這個結局。

為什麼要搞得這麼悲壯？

儘管我腦海浮現這個疑問，可是，這樣也對。國家認輸，代表鬼神等人也沒了靠山。戰力是我方更強，他們認為要是繼續戰鬥，我們可以蹂躪鬼島……不過，這對我來說其實是多此一舉。

好啦，該殺嗎？還是不該殺呢？

鬼神說再也不信基斯。而且他感覺是個不會說謊的老實人，應該可以信任。

鬼神雖然講話憨厚，但感覺不像是個笨蛋。

如果我的解釋說得通，他說的話其實很有條理。智商應該在不死魔族之上。

可是這樣想的話，他也有可能是在說謊。

「……」

稍微思考一會兒之後，我只問了最後一件事。

「鬼神閣下，你不是人神的使徒吧？」

「不是。基斯，有提到人神的名字。可是，俺，不認識那傢伙。就算知道，島，重要。」

鬼神的眼神堅定正直，無比清澈。

如果這是騙人的，那我可能就什麼都無法相信了。

「我接受。」

說完這句話，周圍頓時瀰漫著鬆了口氣的氛圍。
讓他活下來比較好。這樣對今後也有幫助。
「只不過，鬼神閣下，我要麻煩你和基斯戰鬥。你要是逃跑或是背叛，不好意思，我們就會攻進這座島。」
如果考量到要擊潰基斯的陷阱，這樣做比較好吧。
鬼神與鬼族有很深的羈絆。雖然我不太喜歡用威脅手段，但要是他在緊要關頭背叛我也很困擾。
「知道了。要戰鬥的，就俺一個嗎？」
「不，是和我們一起。」
「這樣，俺死後，不戰鬥的，會怎麼樣？」
「關於鬼族的倖存者，會由我們之中……活下來的人負起責任保護他們。」
「嗯，你別撒謊。」
鬼神點頭。
接著，剛才那群年輕人又在鬼神的酒杯倒醬油，在我的酒杯倒酒。
鬼神將酒杯拿在手上，雙手捧起。我也模仿他的動作捧起。
「賭上鬼角。」

「……賭上龍神之名。」

我選了適當的話回答之後，鬼神便一臉嚴肅地點頭。

「嗯。」

然後，將酒喝乾。

就這樣，與鬼神的戰鬥也結束了。

★ ★ ★

當晚，我們在黑雷魯爾近郊的海濱舉辦酒宴。

鬼族從酒窖拿出酒，招待了我們以及所有鬼族。

在鬼族好像有個傳統，在戰鬥之後若是言歸於好，就要把酒言歡。

喝了酒後，便盡釋前嫌。聽說這就是鬼族流的談和方式。

我被鬼神灌了一堆酒，途中開始就喝不下交給阿托菲，結果鬼神與阿托菲直接開始比起酒量，所以我暫時離開他們。

我用解毒魔術醒酒之後，暫時在會場晃了一陣子，突然，我注意到某個人物不在，於是來到了海灘。

香杜爾一個人在那裡喝酒。

「啊，你好。」

「可以坐你旁邊嗎？」

「請坐請坐。」

我坐在他旁邊，呼一聲吐了口氣。

他在離大家這麼遠的地方想些什麼呢？這種事連遲鈍的我也能明白。

想必是在想亞歷吧。

他在最後的最後，對亞歷發出投降勸告。雖說是北神，應該也不會想和兒子敵對，甚至是殺了他。

不過，我也不打算因為殺了亞歷而向他賠罪。

要是我在當時退縮，在那裡放過亞歷，說不定，我們就不會舉辦這場宴會了。北神或許會與基斯會合，與鬼神聯手，再發起一波進攻。

實際上，我認為香杜爾也不覺得這個判斷有錯。

香杜爾儘管沒有對我說什麼，但他應該已經看開了。

「關於亞歷的事情，我很遺憾。」

「是啊。」

可是，認為自己沒有做錯，與對這件事保持沉默是兩回事。

「那孩子……從以前就很有才能。只要拿著劍，就用得比任何人都出色，要是與魔物戰鬥，能在一瞬間就看出弱點。年紀相仿的人當中，沒人能贏過他。」

「……」

「所以，我也對他抱有期待。授予他王龍劍，說要讓他繼承北神的名號。可是，或許我不該這麼做才對。」

亞歷很拘泥於英雄的名號，對此執迷不悟。

「北神什麼的，充其量也不過是個名字，他卻因此束縛了自己。」

香杜爾這樣說完，把酒一口飲盡。

我無話可說。我雖然認為他只要在今後累積各式各樣的經驗，就能掌握到一些不愧對北神之名的東西，但我說不出口。

因為亞歷已經不在了。

「算了，事情都過去了。雖然我還會再苦惱一陣子，可是魯迪烏斯閣下沒有必要放在心上。發生過這麼一場戰鬥，就只是這樣。」

「……是這樣嗎？」

「我聽說魯迪烏斯閣下有許多子女。那麼……總有一天也會遇到不得不思考的時候吧。」

白髮人送黑髮人的心情。我還沒辦法理解。而今後我也不想理解那種感覺。

「不管怎麼樣，麻煩為我兒子祈求冥福吧。」

「是。」

對話在此中斷。

從前面響起的海浪聲，從後面響起的饗宴聲。在這樣的ＢＧＭ環繞下，談論著有關這次的戰鬥，突然湧起一股真實感，這場戰鬥真的結束了。

不僅還沒打倒基斯，甚至還找不到人，但已經結束了。

這點，讓已經結束的戰鬥留下了一抹不安。

以結果來說，這次戰鬥幾乎算是壓倒性勝利。

可是，也有很多千鈞一髮的狀況，或是運氣使然才贏的局面。

下次會怎麼樣？會和這次的布局相同，然後拿下勝利嗎？應該很難。基斯看過這次的戰鬥，勢必會擬定更完美的作戰計畫。

「結果，人神最後的使徒到底是誰呢？」

說出口的，是這樣的一句話。

不是劍神。也不是北神。看起來也不像是鬼神。

基斯與冥王畢塔是確定的，但還不清楚剩下的那個人是誰。

據鬼神說，基斯逃走了。如果照我的推測，可能是帶著這次沒見到的人一起逃走。因為他要為了下次戰鬥而溫存戰力。

可是，總覺得我好像忘了一件事。

少了一塊拼圖。應該還有一個疑似使徒的人物，而且我應該也聽過那個可疑人物是誰，卻想不起來。

「是啊。說實話，我也沒有頭緒。說不定在其他場所，有其他使徒正在行動。」

其他場所，其他使徒。

聽到這句話後腦海浮現的，是我家。

鬼神沒有襲擊。可是，還有其他魔掌伸過去的可能性。我們目前還沒有方法回去。雖然已經採取了對策……可是比預定還來得慢。

現在這個當下，夏利亞該不會正在發生戰爭吧？

「呼……」

就算煩惱也無濟於事。

儘管感到不安，但另一邊的事，也只能交給另一邊的人處理。只不過，我還不想體驗白髮人送黑髮人的心情。正因為不想感受到那種滋味，所以我才會在此奮戰。

彷彿要沖掉這種心情那般，我將酒含在嘴裡，一口氣吞下。

好想快點回去。

「哎呀？」

突然，香杜爾抬起頭。

他的視線望著海的另一端。

「是不是有什麼東西？」

聽到這句話，我也望向海邊。

現在時間是晚上。大海一片漆黑，伸手不見五指。只聽得見海浪的聲音。

雖然我也試著用了千里眼，但還是看不見。

「你是指哪裡？」

「你看，就是那個。正在慢慢靠近。」

我的視野依舊沒出現任何東西。

我暫時定睛凝視了一段時間，但還是什麼也沒看見。

香杜爾該不會是喝醉酒看到幻覺了吧？

「要點個光嗎？」

「…………你真的看不見嗎？」

「看不見。會不會是香杜爾先生的視力太好了？」

香杜爾一臉狐疑地皺起眉頭。

確實，擁有千里眼的人或許不該說這種話。說不定是因為我喝醉了，所以才會看到其他地方？是在更上面之類？

「……該不會！魯迪烏斯閣下，請閉上魔眼！」

「咦？啊，是。」

我閉起雙眼。

「不是那樣，請把注入到魔眼的魔力，減到趨近於零！」

「……」

我依言切掉魔眼的魔力。

不管是預知眼還是千里眼都關掉了。

我以普通的眼睛觀看。

「……咦？」

於是，我看見了。

現在即將從海面登上海灘的存在。

那傢伙，很大。有兩公尺半……大小與鬼神相當。

那傢伙，身穿金色鎧甲。

那傢伙，有六隻手。

那傢伙……那傢伙，肩膀上載著人。

坐在肩膀上的那名人物，身穿一件有著奇妙紋樣的長袍。

拉下長袍的兜帽後，映入眼簾的是熟悉的臉孔。

「啊——居然會在這裡撞見前輩啊……」

猴子臉的男人……

基斯。

基斯．努卡迪亞。

「真傷腦筋，我原本打算不動聲色地上岸的，沒想到突然就遇上了。事情真不順利。」

「呼哈哈哈哈，別以為事情都會照計畫進行啊。」

「哈哈，說得沒錯。」

回答基斯的，是身穿黃金鎧甲的男人。

聲音很耳熟。這個笑聲，我不可能忘記。

「巴迪陛下……」

巴迪岡迪。

他為什麼會在這裡？為什麼穿著那種東西？為什麼會和基斯在一起？

難道鬼神背叛了？

還是香杜爾把他們叫來的？

可是怎麼會？不對，可是，因為，咦？

即使種種思緒在腦裡盤旋，卻無法湊成一句話。

身體深處沒來由地湧上一股恐懼。

那副黃金鎧甲很不妙。雖然不清楚是哪裡不妙，但我可以感覺到它令人毛骨悚然，非常危險。

如果我以肉身一戰，肯定會在瞬間遭到秒殺的那種級別。

「久違了啊，魯迪烏斯，還有亞歷克斯。」

香杜爾也一臉茫然，但是他的額頭上冷汗直流。

明明必須立刻發動攻擊，卻動彈不得。

可以從現在的香杜爾身上看出那種感覺。

「叔父，你為什麼會在這裡？」

「那還用說。因為吾是人神的使徒！」

巴迪岡迪說了。

光明正大，直言不諱地說了。

他說自己是最後的使徒。

「……是啊。」

這樣啊，對啊。

我不是被提醒過很多次嗎？

奧爾斯帝德也好，奇希莉卡也罷，都曾提及巴迪是使徒的可能性。

而且，把瑞傑路德帶來斯佩路德族之村的人物，實際上就是巴迪岡迪。

為什麼我會忘了這件事？這種感覺，就像是拼上了最後一塊拼圖。

「吾基於人神的要求，將瑞傑路德送到斯佩路德族的村子，為了準備一戰，取回了沉到中央海底的這套鎧甲。要與冥王畢塔、劍神、北神以及鬼神聯手，打倒無處可逃的你們，以及龍神奧爾斯帝德，吾——」

「老大、老大。」

「又怎麼了？吾才剛講得正起勁啊……」

「太多嘴了。不用跟他說這麼多。」

「哼，真是無趣的男人。策略不就是要公開的嗎？」

基斯搔了搔臉頰，聳了聳肩。

但是，剛才那番話讓我內心也有了答案。

我是對的。劍神、北神以及鬼神，他們並不是人神的使徒。

而且，萬一當初讓北神卡爾曼三世逃走，戰鬥現在還會持續。討伐隊不會解散，雙方應該會隔著森林繼續對峙。

他們兩個會趁著那段期間登陸鬼島。

將阿托菲親衛隊全滅，除去鬼神的後顧之憂。

因為我們面對北神以及鬼神都苦戰成那樣了。要是當時再加上巴迪，我們根本沒有勝算。

但是，如果是現在。

現在冥王死了，劍神死了，北神死了，鬼神投降。

對手只剩基斯與巴迪而已。

「不，我很清楚的，前輩。前輩打贏森林那場仗的消息，人神已經告訴我了。你認為我們事到如今才大搖大擺地出來，也不會有勝算對吧？」

基斯在戰鬥方面派不上用場。

所以，贏得了……

贏得了……應該是這樣才對，但他為什麼這麼游刃有餘？

「可是啊，真的是這樣嗎？這邊這一位，可是活生生的傳說喔。」

聽到傳說這個字眼，巴迪挺胸往後仰。

「四千兩百年前，與那位魔龍神拉普拉斯戰得難分難解的，最強的魔王……」

我猛然嚥了一口口水。

巴迪身上的金色鎧甲，就像是在證明自己的存在那般發出亮光。

「他就是鬥神巴迪岡迪。就算是一個人也綽綽有餘吧？」

果然嗎？果然，這個就是……鬥神鎧嗎？

從全身竄起的異樣氣息。與面對拿出實力的奧爾斯帝德時相同的寒氣。

贏不了。我以本能領悟到這點。

瞬間，巴迪岡迪鬆開了環在胸前的手。

「吾乃鬥神巴迪岡迪！要向龍神部下，『泥沼』魯——」

「吾名亞歷克斯・卡爾曼・雷白克！是為北神卡爾曼二世！我要向不死身的魔王巴迪岡迪提出一對一的決鬥！賭上不死魔族的名譽，光明正大地接受吧！」

巴迪僵住了。

然後，一臉困擾地看了旁邊的基斯。

「唔……吾正打算向魯迪烏斯提出決鬥啊。」

「拒絕就好啦。」

「那可不成。自古以來，就規定魔王必須接受任何決鬥。」

基斯露出傻眼表情。

不光是人神，果然連基斯也沒有辦法完全控制他嗎？不過，我也不覺得自己有辦法控制巴迪岡迪或是阿托菲他們那幾個。

「魯迪烏斯閣下。」

趁著這段期間，香杜爾向我耳語。

「這裡就由我來爭取時間。請你趁這段時間撤退，統整戰力，擬定對策。」

「香杜爾先生呢？」

「應該沒辦法活著回去吧。」

我倒抽一口氣。

我沒辦法立刻回答他。可是，依舊能馬上點頭。

我現在是肉身。雖說一式就在附近，但現在這個瞬間，是肉體凡胎。

這不是什麼安全線的問題，因為毫無勝算可言。

就算兩個人戰鬥，我也只會礙手礙腳。我要是現在選擇應戰，只會是百害而無一利。

「拜託……你了。」

我這樣說完，便朝村子的方向跑去。

同時，也聽見背後傳來激烈的打鬥聲。

閒話「鎧甲」

吾出生在這個世上不久之後，父親大人曾教過吾一件事。

他說「在這個世上，唯有一人絕對別與其敵對」。

雖然吾詢問了理由，但父親大人以曖昧的說法支吾其詞，不願正面回答。

對吾而言，這是懷念且珍貴的幼時記憶。

歲月如梭，在第二次人魔大戰終結的時候，開始傳出了這種言論。

據說「在這個世上，有三個人絕對別與其敵對」。

喔喔，實在很有意思。居然增加到三個人。

然而，初次聽到那個內容時，吾捧腹大笑。

畢竟那三個人就是——

「龍神」。

「魔神」。

「鬥神」。

這三個人。

吾聽後，甚至自然地回問「這樣不是四個人嗎？」。
因為照理來說，技神也該加入其中。
可是這也無可奈何。不巧的是幾乎沒人看過技神，就連他是否存在都令人存疑。
只不過，吾乃知悉一切的睿智魔王，知道無論是三個人還是四個人，裡面的人都不會有變。
真正不能與其敵對的，從頭到尾都只有一個。
魔龍神拉普拉斯。
直到從前在第二次人魔大戰一分為二之前，都持續站在頂點，即使分成兩人，依然作為威脅統治著世界。是貨真價實的世界最強。
吾每當看到得意忘形的年輕人，也會告訴他們「在這個世上，有三個人絕對不要與其敵對」。尤其是北神卡爾曼很中意這句話，他似乎動不動就會掛在嘴邊。真是容易受到別人影響的傢伙。
好啦，話雖如此，要是讓現在的年輕人舉出「不得敵對的三個人」，或許會出現其他三人。而在其中，八成也會有人舉出北神卡爾曼的名字。
畢竟拉普拉斯的威脅消失之後，已經過了四百年之久。
這樣才好。
總之吾想說的，就是拉普拉斯的實力驚為天人。
吾自認也活了很長一段時間，但從未見過比那男人更大的威脅。

但據人神所說，其實存在著比他更強大的威脅。

那就是這代的龍神。

龍神奧爾斯帝德。

從那個龍神烏爾佩開始，代代相傳的龍神技巧。都是由那個男人繼承。記得人神說他是第一百代？吾不認為龍神的血統有傳承這麼久，但烏爾佩對數字相當隨興，第幾代或許根本無關緊要。

不論如何，這個龍神奧爾斯帝德的實力似乎驚為天人。

據說甚至可以凌駕魔神以及技神，即使對手是魔龍神拉普拉斯也有辦法取勝。

若是問吾相不相信，老實說確實很難接受。

儘管吾也曾與拉普拉斯有過一戰，但是他的實力絕非筆墨言詞所能形容。

要是在那之上，實在是難以想像！呼哈哈哈哈！

話雖如此，那個姑息的人類之神，把居住在這塊土地的森林萬象都視為垃圾看待，就連拉普拉斯也不屑一顧，那個旁若無人的傢伙，唯獨警戒著龍神奧爾斯帝德。

祂煞費苦心要阻止那個長相恐怖的男人，設法殺了他，可是卻辦不到。

到了最後，甚至還向吾低頭。

光從這點來看，可信度也是十分之高。

那麼，有人能贏得過如此強力的存在嗎？

答案是否。

就連那個魔龍神拉普拉斯都無法披敵。吾也不清楚詳情，但父親大人說至少有一萬年以上的時間，都是由龍神占著最強的寶座。

這也很正常。龍神擁有最強的肉體，身穿無敵的鎧甲，會使用最高水準的武術，怎麼可能贏得了那種存在。

即使是在四百年前的拉普拉斯戰役，只擁有一半力量的魔神拉普拉斯，也得靠著七英雄的力量才能勉強封印。

喔喔，不用提醒吾。你們想說，這部分有個疑問對吧？

魔龍神拉普拉斯為什麼現在不在世上，是吧？

為什麼他分裂成技神拉普拉斯與魔神拉普拉斯，而龍神的名號則由奧爾斯帝德繼承，對吧。

答案只有一個。

因為出現了另外一個擁有鬥神名號的人。

另外一個鬥神……其實也不過只是小偷。

唔嗯。那個男人偷了拉普拉斯製造的最強鎧甲「鬥神鎧」。

而且，這個鬥神鎧相當驚人。

一旦穿在身上，它就會賦予那個人甚至能打倒神的力量。

不過若是一般人，在穿上去的當下就跟死沒兩樣……不，就算不是一般人，穿上一陣子後，也是跟死沒兩樣……畢竟即使是在第二次人魔大戰即將決定勝負的關鍵時刻，那個魔龍神拉普拉斯也依然不敢穿上它來戰鬥，可見有多麼危險……

總之，得到鎧甲力量的小偷與魔龍神戰鬥，甚至還同歸於盡。

真是諷刺啊。因為他被自己製造的鎧甲打倒了。

「……講太久了。所以，你到底想講什麼？」

「總之吾想說的是，只要有鬥神鎧，或許就能打倒那個龍神奧爾斯帝德！」

「要是沒有呢？」

「我方勢必敗北。儘管那個年輕的北神與失去獠牙的劍神否定這點，但龍神的強大，是實際與他交手之後還活下來的吾最為清楚。只有那傢伙處於不同次元。」

「……」

「儘管吾也是不死魔族，但要是一戰八成會死。因為那傢伙知道殺死不死魔族的方法。」

「那要怎麼辦？」

「那還用說。要去取回來。」

「你話說得簡單，但這麼可怕的鎧甲，總不可能放在你們家倉庫吧？」

「似乎位於難以抵達的場所，而且還施加了森嚴的封印！」

「那可麻煩了。這樣也沒辦法輕易拿回來吧。」

「呼哈哈哈哈，對於吾而言，那裡與倉庫沒什麼兩樣！」

「我覺得對我來說倒不是這樣……」

基斯傻眼地嘆了口氣。

話雖如此，已經太遲了。

位於吾兩人眼前的，是張著巨大嘴巴的大洞。

在大海的正中央可以看見一塊塊岩礁。平凡無奇的海洋一角，開了個約五十公尺的大洞。

水從那個洞裡不斷噴湧而出。

沒錯，不是流入，而是噴出。那麼，這些水是從哪裡產生，又是消失到哪去呢？

而且懂的人只要一看，便會明白有一股驚人魔力從洞口發出。

懂的人，也就是吾這種人。

「這裡的氣場相當不妙啊。」

「哦，你感覺得出來嗎？」

「之前我曾經攻略過S級的迷宮，但根本無法與這裡相提並論……」

「呼哈哈哈哈！那是當然。畢竟這個迷宮，與其他迷宮的格局不同。這是第二次人魔大戰所發生的魔力集結地點。廣大的大地消失的場所，數千萬魔族的靈魂徬徨之地。」

「世界三大迷宮之一『魔神窟』。」

咕嘟一聲。

坐在吾肩上的基斯嚥了口水。

★★★

所謂迷宮，往往發生在魔力濃厚的場所。

魔力的真面目至今依舊不明，但這股力量會讓動物與植物發生異變，有時甚至連無機物都會產生變化。

迷宮也是經過這樣變化的洞窟或遺跡的一種。

魔力這種東西聚集愈多，愈會造成對人們不利的結果。

魔物增加，遭到樹木徹底掩埋，時而還會引發疾病。先不論我們魔族，但人族一旦暴露在大量的魔力底下，身體就會損壞。不過最近人族的身體也變得意外硬朗，鮮少聽到這類案例。

儘管不清楚魔力匯聚的法則，但或許是因為魔力之間有著互相吸引的性質，魔物會襲擊人類啃蝕魔力，迷宮則是會吸收死在其內部的生物。

因此，人們會在魔力薄弱的場所建立聚落，進而繁衍。

如今城鎮或是村莊所在的場所，也都是魔力濃度低的地方。
就連從前奇希莉卡城所在的利卡里斯鎮也是如此。
在魔大陸，沒有比那裡魔力濃度更低的地方。
不過，現在似乎不是這樣了。
順帶一提，唯獨阿托菲的要塞另當別論。
她想必是認為住在魔物多的場所看起來會更像魔王。吾的姊姊實在單純。

好啦，繼續回到迷宮的話題吧。
迷宮是匯聚著濃密魔力的場所——簡而言之，經常會產生魔力匯聚處。魔力愈是濃密，迷宮就會變得愈深愈廣，愈是難解。
因此，迷宮多半會出現在森林、荒野或是深山之類，離村落遙遠的場所。
像這種場所原本就有濃厚魔力，因此也很容易出現魔力匯聚處。
魔力匯聚處雖然也會自然發生，但也有極限。
超過極限的魔力匯聚處，在某種意義上可以用人工的方式創造。
也就是透過死亡。
人一旦死去，就會在原地殘留魔力。
不過一般來說，魔力會立刻煙消雲散，或是用來將屍體變為不死者。

但是，如果在狹窄的範圍內死了一堆人，就不會散去，而是遵守魔力之間會互相吸引的性質開始收束。

第二次人魔大戰的最後，因為吾與拉普拉斯同歸於盡而發生的爆炸在摧毀大陸的同時，也殺害了大量的人類、動物，以及魔物。

因此而產生的魔力匯聚到爆炸的起點，生成了一座迷宮。

那就是魔神窟。

與位於赤龍山脈龍鳴山的「龍神孔」，位於天大陸的「地獄」並列為最凶惡的迷宮。

「唔咿……該不會要下去這裡吧？」

探索這裡的內部非常困難。

首先從入口到第一階層，有約莫兩千公尺的豎坑。

牆面是逆流而上的瀑布。瀑布背面棲息著許多可輕易吞掉一個人的海蛇。

想要以正常方式穿過這裡，就連吾也得花上三天時間。

「人神說了什麼？」

「祂說跳下去。蛇對流在水面的生物很敏感，但對於從空中掉下去的傢伙漠不關心。」

「呼哈哈哈，那就簡單了！喝！」

「喔嗚哇！」

吾跳躍！

讓基斯坐在肩上，向空中一躍而起，順著慣性跳下洞穴中央。

吾以全身承受風壓，墜落到深淵之底。

唔嗯。落下的感覺無論何時都教人痛快。

是說，上次從高處落下是何時來著？是從赤龍山脈的懸崖上跳下來的時候嗎？還是從魔大陸的大溪谷跳下來的時候？

由於吾無法像奇希莉卡或是阿托菲那樣翱翔天際，這種感覺確實睽違已久。

哦，從水面有無數瞳眸在望著這邊。

那就是海蛇嗎？

牠們肯定是打算在我們的手碰到水面時，立刻衝出來發動襲擊吧。

記得牠們是叫「水瀑龍（Falls Dragon）」，這名字實在了無新意。

明明不管怎麼看都不像龍，卻只因為頭是蜥蜴，就把所有東西取名為龍，這是人族的壞習慣。

不過話又說回來，儘管魔物經常襲擊人類，但有時也有像這樣自始至終都在等待的存在。

實在有趣。

「喂……喂，你可要好好著地啊！」

「呼哈哈哈！別看吾這樣，可是非常擅長著地的！」

「是真的吧！」

真是多疑的男人。

不過，基斯會擔心也是情有可原。

洞穴底部一片漆黑，難以看見著地地點。

儘管吾不這麼認為，但是他認為吾會誤判著地時機也是無可奈何。

「輕盈著地！」

但吾不會失手。

在雙腳著地的同時，利用膝蓋的彈力徹底粉碎骨頭來抵銷衝擊，再進一步粉碎腰骨，使得胸部內臟成為緩衝，抵銷了對上半身的傷害。

然後再以六隻手抱起基斯，以手肘完全抵銷衝擊。

簡直完美。

「唔噗！」

正當吾冒出這種想法時，但基斯卻吐出肺部所有空氣，滿臉鐵青。

「噗……咳噗……」

經過幾秒鐘的沉默之後，基斯用力咳了一聲，找回了呼吸的感覺。

這點程度就呼吸困難，真是軟弱。

「吾沒騙你吧？」

「……是啊。」

雖然看起來不滿，但既然生命沒有大礙，他也無法抱怨。

「好啦。」

第一階層。

巨大的洞穴底下所呈現的，又是廣大的地底湖。

儘管從水裡立起巨大柱子支撐著天花板，但不可思議的是天花板也積著水。上下都是洪水。彷彿是某處遺跡會出現的猜謎。

雖然可以陸續看見陸地，卻無法看清湖泊的另一端。若要從這裡繼續往下，潛入水裡是唯一方法，不過……

在這座湖泊底部，有著類似小型螃蟹的魔物。

真的很小，甚至不到小指指尖的大小。

這樣的螃蟹群聚在湖底。

乍看之下沒什麼太大威脅，但若是敵人潛到一定深處，牠們便會一齊襲擊，只消幾秒就會化為骨頭。

儘管吾頂得住，但基斯勢必會變成骸骨。

順帶一提，接下來出現的魔物都沒有名字。因為誰也沒來過這裡。

要是拉普拉斯還活著，說不定就會來這裡幫魔物一個一個取上名字。

聽說那傢伙就是這麼一絲不苟的男人。

「呼哈哈哈哈！接下來該怎麼做？」

「等我一下。」

基斯這樣說完便從吾的肩膀下來，閉起雙眼。

接著當場轉了三圈，然後快速地舉手。

「是那邊吧。」

「呼哈哈哈哈！有趣！那是你的種族的咒語之類的嗎？」

「不，是人神說這樣做就有辦法繼續往前。」

「呼哈哈哈！原來你聽過答案了嗎！真無趣！說到探索迷宮，不是該鉅細靡遺地親手填滿地圖嗎？」

「我沒有那種閒工夫啦！」

也是。

其實，像這種在無限寬敞的空間尋找疑似唯一前往下層的通路，吾並不討厭這種瑣碎的作業。

可是短命的種族，總是會想要省去無謂的時間。

明明無謂才是重要的。

「呼哈哈哈哈！那麼走吧！」

「噢。」

吾一笑置之後，讓基斯坐在背上，在無比寂靜的地底湖開始游泳。

儘管感覺遙遠的下方有某種東西在蠢蠢欲動，但吾確信那些傢伙不會上來。

就這樣，不知到底游了多久。

當基斯快在吾的背上睡著時，在地底湖看見了唯一的小島。

上岸一看，發現這裡是石造地板，中央有座著通往下方的樓梯。

「以最快方式下來一層都這麼花時間……這裡到底有多大啊……」

「唔嗯……」

吾一邊聽基斯發著牢騷，一邊瞇著眼睛看著眼前這個莫名熟悉的樓梯。

★★★

就這樣，不知吾等究竟往下移動了幾層。

每一層「偷吃步的方法」，基斯都完全記在腦海。

人神所暗示的攻略方法顯然跳脫常軌，為什麼這麼做就可以穿過這層？為什麼在這層不會遇見魔物？盡是一些完全無法理解的狀況。

基斯難道對此不抱有疑問嗎……想必是不會吧。要是人生當中有一次懷疑過人神，這個男人就不會活到現在。

這個男人也正是因為明白這點，才會感謝人神吧。

「呼哈哈哈！在迷宮深處，為何會有如此誇張的門！」

「不清楚。應該是迷宮也想講究排場吧？」

「呼哈哈哈哈哈！愛慕虛榮嗎！真有趣！呼哈哈哈！」

出現在吾等眼前的，是少說也有十公尺高的巨門。

這扇門的大小，相當於第二次人魔大戰當時的奇希莉卡城的城門。

那扇門自從蓋好之後直到失去為止，一次都未曾打開。

因為那實在是過於巨大，光是打開都得費一番工夫。

就連比現在的吾身材更加高大的人，都會從旁邊的小門出入。

著實令人懷念。從前吾也口無遮攔地抱怨為何蓋了座這麼大的門又不打開？應該趕快熔掉，加工成士兵的武器才是。

但奇希莉卡卻說「勇者來的時候要是門太過窮酸，會有損本宮魔界大帝的威嚴」這種蠢話，拒絕吾的建議。

到頭來，那扇門是否被打開了？

拉普拉斯那傢伙，當初有打開那扇門嗎？或者，如果他是用踹的方式破門而入，那扇門或許還有所謂的存在意義……

從前，吾認為自己的想法絕對是正確無誤。

然而，自己像這樣成為挑戰者，才總算理解奇希莉卡所說的威嚴……不，唔嗯，吾還是完全無法理解！呼哈哈哈哈！這扇門明顯大過頭了，看起來根本是牆壁！勇者肯定也不會勉強打開這扇門，而是從旁邊的小門進去才對！

「這裡面，感覺很討厭啊。」

「似乎是這樣。」

吾點頭同意基斯所說的話。

在迷宮的最深處，存在著像這類誇張的某種東西。

尤其愈高階的迷宮，這樣的傾向愈是強烈，在吾所看過的當中特別莊嚴的，是位於「玄鐵迷宮」最深處的那扇黃金門。奇希莉卡可能會很中意。

好啦，不管怎麼樣，說到最深處的門後面，也就是守護者的房間。

只要打開這扇門，自然就會與這座迷宮當中最強的魔物開戰。

既然是「魔神窟」的守護者，想必是級數超乎想像的對手……

不過，這部分倒無所謂。

反正基斯早已打聽好攻略方法。

雖然會陷入苦戰，但最後勢必能取得勝利。

「……」

吾突然失去笑容，目不轉睛地盯著門。

「怎麼啦，老大？難不成你怕了嗎？」

「唔嗯。」

我老實回答之後，基斯露出錯愕的表情回頭望著我。

「喂……喂喂，你是怎麼啦？這不像你啊老大！畢竟我們要面對的是這種像地獄一樣的迷宮裡面的守護者，我也明白當然會很緊張！但你是不死身的魔王吧？到底有什麼好怕的？」

猴子臉魔族以滑稽的動作這樣說道。

基斯在說服對方的時候，都會像這樣做出古怪動作。然後在重要關頭會壓低語氣，把自己所說的話放在對方的內心深處。

想必那是這個男人獨特的談話技巧吧。

算了，這無關緊要。

「……唔嗯。」

「你該不會是真的怕了吧？」

當然，吾不可能會害怕區區的守護者。

真要說的話，吾等為不死魔族，沒有畏懼戰鬥的理由。畢竟死不了啊。呼哈哈哈哈哈！話雖如此……

「你看。」

我轉向背後。

呈現在眼前的，是死屍累累的光景。

不知從何處噴上來的火焰，毫不間斷的地震。地面一次又一次地龜裂，吞噬地表的所有物體。

跪倒在那種空間的是不死者。

粉碎的骨頭，猶如霧靄一般消失的靈體，四分五裂的黑鎧。

「嗯，是像地獄沒錯。若是真的攻略這種地方，肯定會流傳千古。不過這次的，嗯，沒辦法告訴別人，而且也不會有人相信就是……」

「對於吾來說，是很懷念的光景。」

聽到這句話，基斯露出錯愕的表情向著這邊。

「啊？你說什麼？那是什麼意思？你之前來過這裡嗎？」

「唔嗯。但並不是這裡！」

那是在第二次人魔大戰結束的那天。

為了拯救奇希莉卡，吾穿上鬥神鎧，前往魔族的根據地。

然後，看到了。

那一天，在新奇希莉卡城的前面，由於魔力濃度過高，死去的人不到一個小時就化為了不死者。

不死者……全都與吾認識。

他們是發誓效忠奇希莉卡，實力得到認可的一群真正的戰士。

奇希莉卡親衛隊。

他們恐怕是抱著必死的決心戰鬥，可是全員都是被一刀斃命。

為什麼？因為所有人都化為沒有頭顱的騎士。

而且，剛才見到的那群不死者，還留有他們的容貌。

吾明白不死者多半都是同樣長相，明顯就是經過模仿而生的存在，卻能清楚知道就是他們。

於是吾仔細一想，這座迷宮的一切都似曾相識。

從第一層連接到第二層的石造螺旋階梯開始，之後那個猶如要塞內部一般的構造、天花板猶如滿天星斗閃閃發亮的空間、人型魔物裝備在身上的武具、崩塌的外牆裂縫、路邊盛開的那種如今哪都沒開的小花、本已滅絕的魔物……森羅萬象所有一切，吾都有印象。不只有印象，甚至還有種似曾相識感。

「嘿咻。」

吾為了沉澱心靈，當場坐下。

「好了，你也坐吧。」

基斯也在吾面前坐下。

男人面對面坐著，自然會想喝杯酒，可惜的是沒那種東西。

雖然這種事應該要帶著醉意講，不過也罷。

「從前，這個世界與現在的形狀不同，你曾經聽說嗎？」

「我記得，是因為黃金騎士阿爾德巴朗不只打倒了奇希莉卡・奇希里斯，甚至還劈開大陸，創造海洋，是嗎？」

「就是那個。」

這個傳說，現在已經被視為創作故事。

僅憑一己之力，就改變大陸的形狀，這種事實在難以置信。

因為人在看到寬廣的大地時，就會體認到自己的渺小，大自然的胸懷之深。

即使是吾也是其中一員。所謂的山，所謂的海，所謂的自然，總是雄偉壯觀，並非人類有辦法改變。

「雖然我不是很清楚，但你當時在場對吧。」

「唔嗯。」

基斯想必也是如此。

所以，他才會用那種講法詢問。

「吾出生之時，並沒有林古斯海這樣的海洋。」

吾可以感覺到基斯倒抽一口氣。

這也難怪。

一旦知道幾天前剛渡過的海，其實從前並不存在，任誰都會擺出那種表情。他之所以會相信這句話，想必是因為這句話出自吾口中。

「伊達茲山、亞雷斯山丘、米米西蘭河川，還有卡布列湖……你有聽過嗎？」

「……」

基斯搖頭。

這也難怪。

「無論哪個，都是過去曾經存在過的地名。各自在當時都是歷史悠久的地方。像伊達茲山也很出名，據說從前長耳族的劍豪伊達茲雷德在這座山領悟了祕劍。」

「是……是喔……」

不認識嗎？

伊達茲雷德是在第一次人魔大戰死去的男人。

斬殺了好幾千名魔族的長耳族劍士。

最後他與五大魔王之一，不死的涅克羅斯拉克羅斯進行決戰，壯烈戰死。

寫著那段軼聞的書沒有留存，也沒有人繼續傳承那段軼聞，如今連象徵著那段軼聞的山都不復存在，不知道也是理所當然。

甚至讓吾覺得，簡直就像是那個男人活過的證據都遭到消滅。

但是，吾確實還記得。

因為劍豪伊達茲雷德的軼聞，在第二次人魔大戰的當下是相當熱門的話題。

雖然不是誰都知道，但只要懂得劍術之人，基本上都聽過此事。

不過，如今已無人知曉。

「不論是人、建築物，甚至是連地形都消失無蹤。一切都消失了。」

說出口後，感覺心揪成一團。

「吾等現在要去取的鬥神鎧，就是有這樣的力量。」

浮現在腦海的，是失去的東西、失去的記憶。

如今誰也不記得的，諸多美好的風景。

「那是連世界都能毀滅的力量。」

基斯想必知道接下來有可能會失去的東西究竟有多少吧。

「畢黑利爾王國會在那裡迎來與以前相同的末路，消失的大概是整塊天大陸，以及中央大陸和魔大陸的一半吧。」

「……」

「巨大的爆炸，會導致其他大地也出現地形變化。中央大陸不會再像以前那般豐饒。大森林或許會化為沙漠。米里斯說不定會沉入大海，貝卡利特大陸可能會被推擠出去，比現在離得更遠……」

「……」

「這樣一來，種族將會混雜，發生爭執。四千兩百年前之後將近三千年，儘管沒有記載在歷史書上，但曾經有過一段黑暗時代。所有種族都為了尋找自己的容身之處而旅行，日夜爭鬥……」

話雖如此，吾是在那場戰鬥過了一段時間之後才清醒的，其實並不是很了解詳情。呼哈哈哈哈！

然而在長年累月後，人族將魔族驅逐出中央大陸，將他們趕到魔大陸，吾對這點有印象。

「土地改變，文化改變，生活改變，發生爭執。這部分若只是聽人口傳，想必沒什麼感覺，不過……」

吾清醒之後，立刻感到愕然。

因為世界看起來變得和以前截然不同，樣貌完全改變。

「那完全是別的世界。」

世界毀滅這種事，其實意外不起眼。

更何況還是發生在好幾千年前，自然不會留在人們的記憶當中。

知曉過去的，頂多只有吾等不死魔族而已。

吾在那場戰鬥之後改變了。與奇希莉卡成為未婚夫妻，也不再去思考麻煩事情，每天快樂地生活，歌頌和平。

因此這四千兩百年來，盡是些美好回憶。
有部分也是因為不好的回憶經常會忘記，呼哈哈哈！
「……」
站在基斯的立場是不會懂的。
「一想到這點，吾就不由得停下腳步。」
吾與阿托菲不同，算是通情達理。
但是，像這樣實際停下腳步之後，除非想通這點，否則吾就無法行動。
畢竟吾是智慧魔王。沒有道理是不會行動的。呼哈哈哈哈！
如此這般，吾擺出了等待對方說明的姿勢。
現在就是測試基斯的三寸不爛之舌的時候。
這是魔王的試練。
「……我說，老大。」
「唔嗯。」
經過短暫的沉默之後，基斯終於開口。
「老大是不死魔族，想必和我是以不同的視角在看著世界吧。」
「是這樣沒錯。」
「地形改變，文化改變，看起來像別的世界，這個嘛，也是從你的視角看起來是這樣吧。」

「不論是誰看起來都是一樣吧？」

「不，你錯了。大錯特錯。」

基斯搖頭。

「就我來說，就算沒特別做什麼，只要去了隔壁國家也是別的世界，要是過了十年後才回到原本的國家，看起來也會截然不同。那才像是別的世界。」

十年啊。

儘管吾也明白，但對於大部分的種族來說，十年是很長的時間。

「不過才十年，沒變的地方當然也很多，看到這種景象時反而會鬆一口氣，可是每次我總是覺得，我自己也一樣沒有改變，一這麼想就不禁令人沮喪。」

基斯的口氣雖然像平常那樣輕浮，卻莫名沉重。

「毀滅世界？就我來說，那可是榮幸啊。甚至應該在毀滅後的世界蓋一座我的銅像。」

聽起來像是在開玩笑，但他的語氣很認真。

「不過，若是發生那麼大的爆炸，我八成是活不下來吧。不僅如此，還可能會在途中的戰鬥遭到波及而死。」

基斯筆直地看著吾，開始說道：

「前輩——魯迪烏斯，那傢伙很厲害。雖然魔力好像是相當龐大，但他明明和我一樣無法纏繞鬥氣，卻沒有頹廢，而是一直努力，想其他辦法彌補，而且還會謙虛地拜託別人。不是被別人拜託喔，而是去拜託別人。像他那種幾乎無所不能的傢伙，明明可以一個人設法解決所有事情啊。會把重要的局面確實交給別人，這可是很難辦到的。」

「就憑我，根本不夠格當前輩的對手。那種事情我當然知道。可是啊，這次，我要做的是把人聚集起來。在同樣的條件下決勝負。那我當然會想贏啊。因為我和前輩不同，我能做的就只有這個啊。」

「劍神、北神、冥王、鬼神，以及鬥神。雖說是借用人神的力量，但我認為自己也盡可能地召集到戰力了。我要用這個最棒的布陣去挑戰他。由我思考，由我召集，由我取得勝利。那麼就算我在途中死了，也沒什麼大不了。」

「我一直以來都遵照著人神的吩咐，骯髒地活到現在。我就是這麼珍惜自己的小命。小心翼翼地保護自己的小命活到現在。絕對不能丟了它，認為這條命對我來說最為重要。不過與此同時，我也在想是不是有比這更重要的東西。」

「可是，這次就結束了。就算明知會死，我也不打算停下腳步。」

「所以，你也做好覺悟吧。如果我的對手是魯迪烏斯，你的對手就是龍神奧爾斯帝德。既然要面對比拉普拉斯更厲害的強敵，毀滅世界也不過是剛好而已吧？」

賭上性命。

身為不死魔族的吾難以理解這種感覺。

龍神擁有殺死不死魔族的招式，父親大人也因為這樣而死，但即使如此，吾還是沒有感覺。

就連阿托菲也被封印了好幾次，但現在也非常有精神。

吾身邊沒有死這種概念。

話雖如此，吾也知道壽命有限之人很重視生命。

尤其像基斯這種人，特別寶貝生命。

明明就算活著也幹不了什麼大事，卻小心翼翼地呵護。

……不，或許正是因為如此。

因為，他現在說不定能幹出一番大事，所以才想用掉自己寶貴的性命。

吾沒理由非得奉陪不可……

然而，吾也同樣決定要與龍神為敵。

因為吾決定要跟隨人神。

儘管在那場第二次人魔大戰結束之時，心底已決定再也不幹這種事，現在還是深入魔神窟來取鬥神鎧。

那麼，吾也不得不做好覺悟。

就和基斯一樣。

「呼哈哈哈！說得沒錯！好，那麼就去取毀滅世界的鎧甲吧！」

「就是該這樣嘛，走吧！」

哎呀，吾想得有點太複雜了嗎？

吾應該在那天，就已經學到不顧一切，憑著氣勢往前衝才有福。
因為那樣才是配得上奇希莉卡的男人，賢明卻愚笨的吾是這樣想的。
那麼，就應該貫徹始終！
呼哈哈哈！

★　★　★

迷宮的守護者，也是吾認識的傢伙。
他是在第二次人魔大戰當時，被稱為五大魔王的一人。
吾抵達最後決戰的現場時，早已死去的男人。
曾是奇希莉卡親衛隊隊長的男人。
名叫……不，還是別說出名字吧。
因為儘管外型相同，存在也已截然不同。
畢竟是在魔神窟的最深處，吾原本以為會出現和拉普拉斯一模一樣的敵人，真是掃興。
雖然盡忠職守卻有勇無謀，不知變通的這個男人居然會是魔神窟之主，實在是名過其實。
「喂……喂，那傢伙看起來亂強一把的……」
「呼哈哈哈哈！外表確實令人感到恐懼！但並非什麼了不起的對手！」

站在吾兩人眼前的，果然是無頭騎士。

與從前不同的是，對方身上沒有頭，身穿漆黑鎧甲，身上還插著劍吧。

每次稍微一動，劍就會互相摩擦，發出令人刺耳的嘰嘰聲響。

要是吾的記憶正確，這傢伙應該沒有在身體上插劍的興趣才是。

既然如此……這樣啊，原本覺得不須打聽你是怎麼死的，但果然是戰到最後一刻啊。

而且對手還不是拉普拉斯，而是率領被拉普拉斯半毀的軍隊，與人族軍勢交戰。

到了最後，被取下首級嗎？

既然並非不死魔族，首級被取下自然會死。

吾還以為屍體應該是隨著那場爆炸消失了，想不到會在這種地方。

實在是令人懷念的再會。眼淚都快流出來了！

原本的話，應該會想與你一同喝酒，聊著從前戰爭的回憶。

儘管以前和這傢伙完全聊不來，但如果是現在，肯定能快樂地暢飲美酒。

不過，若是不打倒守護者，便無法取得想要的東西，也只好立刻開打了。

何況他也沒有用來喝酒的頭了！呼哈哈哈哈！

「呼哈哈哈哈！好，放馬過來吧！」

吾舉起拳頭往前衝。

若是從前的吾，面對這個魔王說不定會裹足不前。

既然是親衛隊長，當然是很強的男人。尤其是在一對一的戰鬥，甚至足以凌駕阿托菲。

由於阿托菲是體力無限的不死魔族，所以他也只能壓制阿托菲，無法徹底打倒，但即使如此，他依然穩坐五大魔王當中最強的寶座。

著實令吾自嘆不如。

過去是文官的吾，甚至沒打過架。

要是一戰，想必瞬間就會遭到轟飛。

然而，吾從那天開始就夙夜匪懈地鍛鍊，直到今天。

循著當初穿上鬥神鎧的記憶，開發了獨創武術，為了掌握那個武術，練就了一身肌肉。

吾也曾經留在那個阿托菲的居處，被阿托菲每日痛毆。

為了表現出旁若無人的一面，吾也是一路努力到今天。

沒想到，居然會有讓你看到成果的這一天啊，呼哈哈哈哈！

「唔噗！」

像這樣，吾充滿幹勁地接近，結果遭到拳頭狠狠揍飛。縱向轉了三圈。

臉部凹陷。

不過，立刻會治好。

「喂……喂，沒問題嗎！」

「呼哈哈哈哈！問題可大了！這樣下去是贏不了的！」

儘管吾立刻起身擺好架式，但戰力差距一目了然。

不愧是高階迷宮的守護者，感覺比吾的記憶當中更強。

不，他應該原本就有這種實力。這表示彼此的程度差距，並非吾稍微鍛鍊一下，鑽研我流的武術就有辦法取勝。

「好……好吧，那你仔細聽好！那傢伙有弱點！」

「呼哈哈哈哈！不用撒謊！這傢伙哪有什麼弱點！」

「看起來是這樣，但人神說，那傢伙的弱點是你知道的一句話！」

聽到這句話，吾停下原本走向那傢伙的腳步。

停步的瞬間，被劍腹毆打彈飛到後方。

吾在被打飛的同時這樣思考。

一句話？就算要說，那傢伙也沒有耳朵啊。

「……唔嗯！原來如此！」

可是一句話啊。

原來如此，是話語啊。

確實，吾與這傢伙在第二次人魔大戰一同奮戰了很長一段時間。

儘管沒有吵過架，但交談自是當然，吾等也做過許多約定。

既然有遵守過的約定，當然也有許多背棄的約定。

既然如此，呼嗯……
想得到的事情太多了！
「不知道！」
吾再次遭到毆打。
不，並不算挨打。這是因為那傢伙的劍太鈍，所以才無法打穿吾的身體。
唔，劍！原來是這樣啊！
「以前，你曾打算獻給奇希莉卡的那把劍！你說在進獻的前一天遭到某人折斷……但其實折斷那把劍的是吾！抱歉！吾很嫉妒你繼續出人頭地！一時起了邪念！原諒吾！」
「嘎啊啊啊啊啊啊啊啊啊！」
他發飆了。
明明沒有頭，到底是從哪發出那種怒吼？表示他就算沒有耳朵也聽得見嗎？
仔細一想，這傢伙一族的頭上都沒有耳朵，聲音好像也不是從喉嚨發出的？
不論如何，看來並非這件事。
唔嗯，吾認為這事對他很抱歉，始終難以啟齒，不過，就算他把劍獻給奇希莉卡，到頭來也只會在宴會表演才藝時折斷，所以吾不怎麼後悔。
「你應該還有其他事情可以講吧！你不是智慧魔王嗎？」
「想得到的事情太多，縮不了範圍！」

「你乾脆一個一個講出來吧！」

吾決定照做。

「你還記得嗎！從前你的女兒——」

「在魯森島看到的那頭閃著藍色光芒的馬！當時——」

「在科希巴山丘擊潰人族軍隊的時候——」

然而，沒有一句話管用。

每當吾提起往事，他每次都會揮劍將吾打飛。

若是一般魔族，說不定已經死了一百次。

不過，吾自稱智慧魔王，關於智慧與知識也有著自己的讀到見解，可是，還真虧吾能接二連三地講出往事。

只是回憶起往事，就好像回到了從前的吾，感覺變得神經兮兮的。

「唔？」

當這些回憶算到一百左右，吾注意到了。

「喂……喂，他動作是不是變遲鈍了？」

鎧甲嘰嘰作響，劍發出聲音，以刺耳聲音動作的守護者，動作確實不再俐落。

雖然不知道吾的哪句話有效，但看來某個就是正確答案。

「好，就是現在！一舉搞定他！」

「……」

不，不對。

曾為愚蠢軍師的吾，看著盡忠職守的守護者後這樣想。

吾所說的話都不是正確答案。

守護者看到吾，正感到痛苦。

就像是因為這些往事而令他想起了什麼。

吾所說的話是往事，所以他想必是自然而然地察覺到，吾並不是敵人。

即使喪失自我，他也認為不該對吾刀劍相向。

為什麼他變得這樣了還想繼續戰鬥？

部分原因在於他是守護者吧。所謂的魔物就是這樣的存在。

然而他之所以會成為守護者，肯定是因為對人世還有一絲牽掛。

那麼，吾該說的話只有一句。

「吾等魔族敗北了。但是，魔族並沒有滅亡，奇希莉卡・奇希里斯也尚存人世。再次戰鬥的那天終將到來。現在，你就先停戰吧。」

守護者停止動作。

然後，一語不發地緩緩跪下膝蓋，往前倒下。

他看起來似乎很是滿足。

就像是在表示，這樣一來終於可以休息。

「成為迷宮的守護者後，居然依舊受忠義所束縛，真是令人頭疼的男人啊。」

希望吾在與龍神戰鬥之後，不要成為迷宮之主。

吾一邊這樣心想，一邊往前踏出步伐。

★ ★ ★

迷宮的最深處，出現了奇希莉卡曾坐過的王座。

現在坐在那王座上的，是一副鎧甲。

那鎧甲很美。

造型單純。

流線型的胸甲、肩甲以及腰鎧。

沒有特別的裝飾，與一般道具店隨便擺著的量產品看起來大同小異。

然而，實際上就算真的擺在道具店，也會被這無懈可擊的設計吸引目光。

加上或許是以某種金屬打造，鎧甲金光閃閃，即使擺在暗處也會微微發光。

無懈可擊的設計與黃金光輝，散發出令所有人一看都會心醉神迷的神聖感。

好像比之前看到時稍微小了些。

不，大小肯定沒變。

吾第一次目睹這個時，想必是因為神聖感使得它看起來格外巨大。

不過，看在現在的吾眼裡，反而是顯得不祥。

「這……這就是鬥神鎧嗎……太……太驚人了。只是看著而已，就可以感覺到這玩意兒非比尋常。」

「不可以碰。會被吞噬的。」

「喔……好……」

吾制止差點伸手去碰的基斯，他便提心吊膽地把手收回。

「呼哈哈哈哈！騙你的！只是碰而已怎麼可能有事！」

「別……別嚇唬人啊……不過說實話，感覺碰了之後，我的腦子會變得不正常……」

鬥神鎧。

魔龍神拉普拉斯打造的最強鎧甲。

只是碰一下雖然不會有任何問題，但會強迫穿上之人燃起鬥爭心，是受到詛咒的鎧甲。

光是想起從前的事，就令吾的肌膚震顫不已。

「基斯啊。」

「怎麼？」

「穿上這套鎧甲後，吾不曉得自己會變得如何。」

「……」

「雖然吾會集中精神維持自我，但那只也是時間的問題。總有一天會失去自我。若有萬一……」

「若有萬一？喂喂，你以為我有辦法做什麼嗎？」

「沒什麼，只要把吾帶去敵人所在的場所即可。這樣一來，吾便會設法解決。」

「這個嘛，如果只是這樣倒是還可以。」

「呼哈哈哈哈哈！拜託你嘍！」

「好啦，雖然稍微花了點時間，這樣一來就準備好戰力了。應該能贏。交給冥王擾亂敵人，再由劍神、北神及鬼神開路，最後讓鬥神直接對付龍神，我們的勝利將無可動搖。」

基斯一臉滿足地這樣說道。

很好，很好！

「那麼，讓那群傢伙見識見識吾睽違四千兩百年的真本事吧！」

「好耶！拜託你啦老大！」

「呼哈哈哈哈哈！」

「哈哈哈哈！」

基斯鬆了口氣的笑聲，在從前的奇希莉卡城王座之間迴盪。

★★★

「在你鼓起幹勁的時候打擾不好意思，超過時間了啦。」

於是吾等在鼓起幹勁踏上歸途的途中所看到的夢，吾遭到人神煽動。愉快。

不過話說回來，這裡真是不可思議的場所。

白色，空無一物的場所。

吾從以前就覺得納悶，這裡到底是位在何處？即使以一句作夢了事，每次卻都是在同樣場所，據吾所知，其他人好像也是在這裡和你說話。

「嘖，那種事情根本無所謂吧。真令人不愉快。」

好了好了，冷靜點人神。

就算你突然說超過時間，吾也摸不著頭緒。

即使是智慧魔王，要是沒有知識，吾也無法思考。

「冥王畢塔一開始就被幹掉了。知道這件事的劍神與北神也搶先殺了過去。鬼神雖然也幫他們助陣，但阿托菲趕來增援，鬼族被當成人質後他就撤退了。」

唔嗯……

換句話說，全滅了啊。

「都怪你們在迷宮裡面浪費了這麼多時間，垃圾。那種迷宮應該要三兩下就攻略完畢啊。到底在搞什麼啊？基斯那傢伙也是。誇下那麼大的海口，結果卻是這樣。對他有期待的我真是笨蛋。」

呼哈哈哈哈，原來如此。

準備的戰力都付諸流水，所以你才會像這樣發牢騷嗎？

雖說是神，但你終究還是人啊。

「你說什麼？」

所謂的計策，基本上都不會按照預定進行。

基本上，劍神與北神看起來就很像會偷跑的那種類型不是嗎？尤其是亞歷，他從以前就是個不會等待的孩子。雖然沒按照預定，但吾已預測到這點。

哦，吾都忘了你只懂仰賴未來預知，並不擅長預測。

這種事情，經常發生的。

「……啥？」

呼哈哈哈哈！每次都一臉不悅，可是會搞砸事情的！

不過，能看到你擺出這種表情，反而很新鮮，很好！唔嗯！

假如是以前的吾，一看到那張臉就會因為不安而導致內心動搖，但既然現在是出於好意才助你一臂之力，根本就沒什麼好怕的！呼哈哈哈哈！

「給我適可而止。我確實看不見你的未來，但還是能在你看不見的地方毀滅你重要的東西。」

無法具體說出重要的東西是什麼，這就是你的極限。

「魔界大帝奇希莉卡．奇希里斯。」

哦……吾確實不是很願意看到你對那傢伙出手。

算了，別這麼認真。

像這種小事，不過是同伴之間在鬥嘴罷了。

沒錯，吾與你現在是盟友。一同奮戰的同胞。

要是惹自己人不開心，可是會導致士氣下降啊。

要是不想讓士氣下降，就不該在還沒確定敗北的時候，讓部下看到驚慌失措的一面。

「你說還沒確定敗北？聚集起來的同伴有一大半都被幹掉了，現在只剩下你而已耶？」

正是。

勝負還沒決定。畢竟還有吾和基斯。

「難道你們還搞得出什麼名堂嗎？」

唔嗯！所謂計策，就是得在事前想好兩步三步。

已經預測到劍神與亞歷那兩個笨蛋會偷跑的吾與基斯，還留著下一招計策。

「你的意思是，下一個計策一定會贏？」

呼哈哈哈哈！所以吾剛才不就說過了嗎！

一定會贏的這種計策並不存在！

順帶一提，要是最初的計策是以完全勝利為目標，那麼接下來的計策就不是這樣。

所謂的次善之策，就是僅次於最善的妙計！

「少在那讓人煩躁。結果到底怎麼樣？贏得了嗎？還是贏不了？」

即使無法完全勝利，也能達成勝利條件吧。

「……如果是這樣就好。」

算了，即使沒有下一道計策，吾也只管全力以赴就是。

「那樣就沒意義了吧。」

呼哈哈哈哈！你就是這副德性，才會演變成這次的下場！

「……那是什麼意思？」

基斯為了你而豁盡全力。

吾也打算為了你賣老命。

我不清楚冥王的想法，就當他全力以赴了吧。

可是，劍神與北神又是如何？鬼神呢？

劍神與鬼神偷跑了。但是，那兩個傢伙若是全心全意地為你效力，信賴著你，信賴著你所信賴的吾等，你認為結果如何？

這樣一來，他們也不會一聽到冥王死了，就一時心急衝進敵陣吧？

你說鬼神是因為鬼族被當成人質。

鬼神的職責就是守護鬼族，那是身為鬼族族長的使命。既然如此，一旦鬼族被挾為人質，當然不得不以那邊為優先。

但是，如果那傢伙打算全心全意為你效力，結果會怎麼樣？

他如果打從一開始就捨棄鬼神的立場，作為一介戰士為你而戰，即使鬼族被挾為人質，他應該也不會停手，而是繼續戰鬥吧？

「……你這樣假設也沒有用啊。」

呼哈哈哈哈！人生往往都是假設性的問題！而為了讓假設化為現實，人才會效忠他人，無償地幫助別人！愈是了解這點的人，對他人就愈是溫柔！為他人而行動！

沒錯，就像是魯迪烏斯·格雷拉特那樣！

「你的意思是，要我模仿他嗎？」

你要怎麼解釋吾這番話，與吾無關。

但是最後，吾就給你一個建議吧。

畢竟總是受你建議也不好意思！作為智慧魔王，偶爾也該還點人情！

「不用你多——」

在這場戰鬥，基斯與吾肯定會死。

但是，戰鬥會繼續下去。

就算基斯與吾得勝，也不代表戰鬥會就此結束。因為你看得見未來，只要看見最後是自己在笑的未來，自然會覺得那代表勝利，但是，今後肯定也會出現別人，威脅你燦爛的未來。

要是想笑到最後，就多留意人心吧。

「你說人心？那種可笑的東西——」

那麼再會啦！

呼哈哈哈！

呼哈、呼哈、呼哈——哈哈哈哈哈哈哈！

隨著笑聲，吾的意識也同時消失。

閒話「我曾經想成為英雄」

從小，成為英雄就是我的夢想。

會這麼想的原因，果然是受到爸爸與奶奶的影響。

爸爸以前告訴我的，是無人知曉的「北神卡爾曼」的傳說。

從奶奶那邊所聽到的，是恐怖魔王「阿托菲拉托菲」的傳說。

總括來說，就是勇者與魔王的故事。

據說所謂的魔王，與生俱來就有強大實力，屬於支配的一方，是可以允許行使暴力的存在。

所謂勇者，雖然出生時很弱小，但會克服各式各樣的試練，是打倒暴虐魔王的存在。

具體表現出那種理想關係的，就是「北神卡爾曼」與「阿托菲拉托菲」的關係。

爸爸像是在闡述偉大的故事那樣說著勇者與魔王的關係。

爸爸所說的勇者「北神卡爾曼」，絕非強大的存在。

儘管比一般人稍微有些本事，開發了獨創的流派，但即使如此，也不過是「諸多戰士當中的其中一人」。

就算這樣，他依然為了和平挑戰沒有勝算的戰爭，是因為那個時代就是如此。非得這麼做才能活下去。

他只是參與最終決戰並順利生還，所以才被稱為英雄。

要是死了，想必連名字都會被遺忘。

可是在拉普拉斯戰役這場戰爭，光是倖存下來就能算是豐功偉業。

這場戰爭就是有這麼多人參加，有這麼多人悽慘地死去。

不論人族、獸族、長耳族、礦坑族、小人族甚至魔族，都無一倖免。

因此所有倖存者都很偉大。父親是這樣敘述。

在那個時代光是為了活下來，就必須運用力量以及智慧。

奶奶也贊成他的看法。

畢竟奶奶沒有死在那場戰爭，而是在途中就遭到封印。

在那樣的時代終結戰爭，若是不把完成這項豐功偉業的稱呼為英雄，又該怎麼形容才好，爸爸像這樣講得口沫橫飛。

可是我喜歡的，是與那不同的故事。

同樣名字的，不同英雄的故事。

「北神卡爾曼二世」的故事。

二世為了讓北神卡爾曼這個真正勇者的名號威震全世界而踏上旅程，在世界各地幫助人們，打倒強敵。

他的存在，絕對不算是正義。

因為他沒有想要幫助他人的念頭，沒有想要根絕邪惡的想法。

以結果來說，他拯救別人，解救國家，受到諸多人類感謝，但也就那樣。

只是為了將北神卡爾曼的名號……進一步來說，他之所以戰鬥，只是為了誇示自身實力。

他沒有非戰不可的理由，也沒有非得打倒的魔王。

他只是為了自己而戰，然後得到了最強的稱號。

沒錯，有一段時期，北神卡爾曼二世的名號，毫無疑問是最強的代名詞。

因為他就是創下了這樣的豐功偉業。

所以我是這麼想的。

他才是貨真價實的英雄。

他是這個世上最帥的。

所以我很憧憬他。

爸爸說不可以變得像「二世」那樣，那段軼聞充其量也只是因為我會開心所以才告訴我而已，絲毫沒有自滿。

爸爸反而是強烈地推舉「一世」。

真的厲害的，真的值得尊敬的人是那一位喔，這樣。

可是打動我內心的，是「二世」。

讓我希望自己也能變成那樣的，是「二世」。

我睡前躺在被窩裡夢想的，是像二世一樣以成為英雄為目標而戰，最終當上英雄的自己。

自從發現自己的才能後，夢想逐漸變成現實。

我有劍術的才能。

我理解何謂劍術，甚至連我自己都會覺得「喔喔，原來我有才能啊」。

所以我沒有任何根據，就認為自己能超越「二世」。

我應該辦得到。

畢竟我也為此努力過了，可能性也相當足夠。

可是，為什麼會變成這樣？

現在我的視線完全被黑暗所覆蓋。

全身覆蓋著一股強烈的壓迫感，耳邊響起用手蓋住耳朵時會發出的聲音。

手腳絲毫動彈不得，意識也很模糊。

不僅如此，受到壓迫的身體很痛。

或者該說要不是我，可能早已被壓死了。

什麼都做不了。連轉個身也辦不到。儘管呼吸困難，但我的身體很結實，我知道這種程度還死不了。

或許是因為動彈不得，唯獨思考沒有停止。

從前，我曾聽奶奶形容過她遭到封印時的狀況。

奶奶不僅個性粗魯，而且還是不會輕易死去的種族，至今好像被封印過好幾次。

爸爸在教育我的時候，經常會說要是我當個壞孩子就會遭到封印，要奶奶告訴我遭到封印時發生的事情。

奶奶以苦悶的表情說出了當時的狀況。

儘管奶奶不善言詞，但她依然說當時身體不聽使喚，連話也說不出來，思考也變得遲鈍，平常那種想大鬧一番的衝動則是被硬生生壓了下來。

那種感覺非常屈辱。

一定與我現在的狀況很相像。

我輸了。

輸給龍神奧爾斯帝德的部下，「泥沼的魯迪烏斯」。

他是我不該輸的對手。

魯迪烏斯是個愛逃避，既膽小又懦弱，像個老鼠一樣的對手。

他是那種再三考慮萬全之計，不敢孤注一擲的類型。

誤以為自己才智過人，其實是只會耍小聰明的類型。

過於相信自己的計策，聰明反被聰明誤的類型。

……不，這就不對了。

他確實是個愛逃避的傢伙，但並非沒有覺悟。

他在最後確實讓我見識到他的覺悟。

他孤注一擲。

我與他一對一。儘管我身負重傷，但依然是我有利。這點他應該也很清楚。

可是他卻挺身而出。

為了確實收拾我，踏進了自己有可能會死的距離。

我原本並不認為他是能辦到這點的男人。

我看走眼了。所以才會輸。

我不得不承認。

魯迪烏斯·格雷拉特。

他是個戰士。

或許，所謂真正的英雄，就是在形容像他那樣的傢伙。

有點膽小，必須要請求別人幫助才能活下去的存在。

再三演練有點麻煩的作戰，儘管像小老鼠那般很愛逃避，到處晃來晃去，但是在他怯弱個性的深處，隱藏著勇敢的一面。

他面對沒有勝算的對手時，也有全力以赴挑戰的氣概。

沒錯，簡直就像「一世」那樣。

……也對。

我對於所謂的強大，或許有點誤會了。

我以前認為所謂的英雄，只要強大就行。

可是所謂的強大，到底是什麼？

與比自己還弱的對手戰鬥，就算打贏了，這樣也能稱為強大嗎？

我可以超越「二世」。

可以成為歷代最強的「北神卡爾曼」。

這點毋庸置疑。我深信自己辦得到。

可是，這麼做又能怎麼樣？

辦到了自己深信能辦得到的事情，又能怎麼樣？

沒錯，因為真正的英雄，會挑戰不知道是否能贏的戰鬥。

完成不合理的要求，才是真正的英雄。

如同北神卡爾曼一世，讓魔王阿托菲拉托菲改邪歸正那樣。

如同北神卡爾曼二世，在世界各地討伐了人的智慧無法企及的強敵那樣。

如同泥沼的魯迪烏斯，打倒了北神卡爾曼三世那樣。

必須完成乍看之下感覺無法完成的創舉才行。

嗯。沒錯，所以我才會敗給魯迪烏斯。

這次他才是勇者，而我是魔王。

如同歷代魔王曾做過的那樣，看輕勇者，小看勇者的伙伴，沒辦法使出全力就被打倒。

魯迪烏斯·格雷拉特是勇者，是英雄。

實際見過他後，會覺得他是個可悲的男人，儼然就是個小人物，險些就會看不起他，但他完成的事情卻很偉大。

想必他會在後世被人歌頌為英雄吧。

我低估他了。

要戰勝他，必須打從一開始就全力以赴擊潰他。

因為下一場戰鬥才是真正的戰鬥，不須拿出真本事，兩三下就可以收拾他——我不該這麼想的。

我應該早就知道。因為我從孩提時代就不斷聽著，像這樣輸掉的魔王會有什麼下場。

為什麼會這麼簡單就給忘了呢？

真想狠狠揍不久前的自己一頓。

我錯了。

所以，才會在這種地方動彈不得。

……我會死在這裡嗎？

或許是因為我深深繼承了奶奶的血統，身體很結實。

即使像這樣被埋在沙土之中，也不會輕易就被壓垮。

可是，我不像奶奶擁有不死之身。要是這種動彈不得的狀態持續下去，總有一天還是會死。像是餓死還是什麼的……

這就是……大意輕敵的人最後的末路嗎……

「我不想死……」

因為敗北而死是無所謂。畢竟戰鬥就是這麼一回事，我可以接受。我認為自己也做好了這樣的覺悟。

可是，那也得自己有全力以赴一戰。

我沒有使出全力，那並不是我的真本事。

沒錯，我沒拿出真本事。所以不該這樣。

下次我不會搞錯。下次不會手下留情。會從頭到尾都確實以全力應戰。

像個勇者，像個英雄，配得上北神卡爾曼之名，在所有戰鬥竭盡全力。

我會這樣對劍發誓，對神發誓，對偉大的祖父，北神卡爾曼一世發誓。

所以，求求誰來幫我，請再給我一次機會。

只是一心一意地這樣祈求，我的意識逐漸消失……

魯迪烏斯 第24集

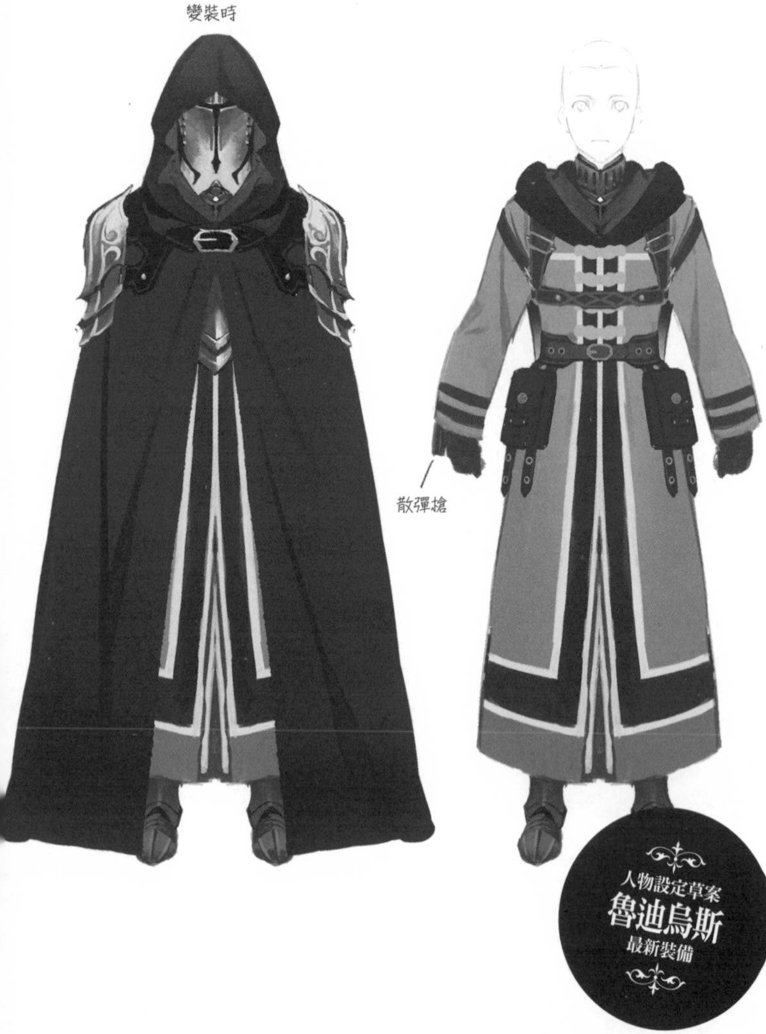

人物設定草案
魯迪烏斯
最新裝備

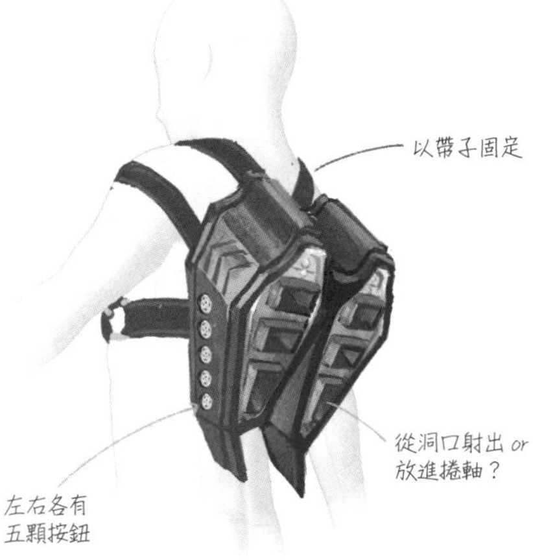

捲軸推進器

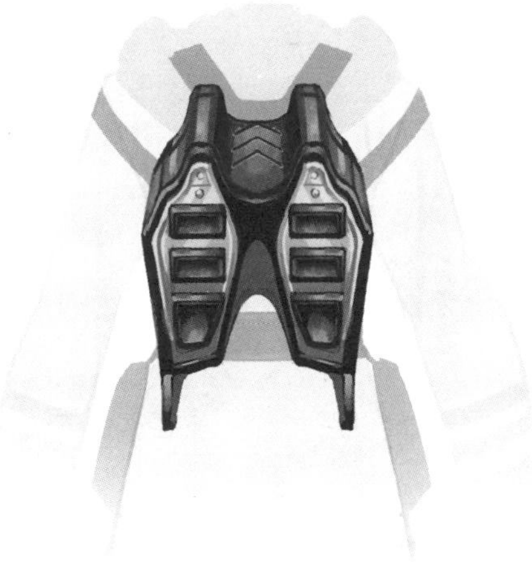

人物設定草案
艾莉絲

露西

人物設定草案
露西

諾倫 旅行服裝

人物設定草案
諾倫

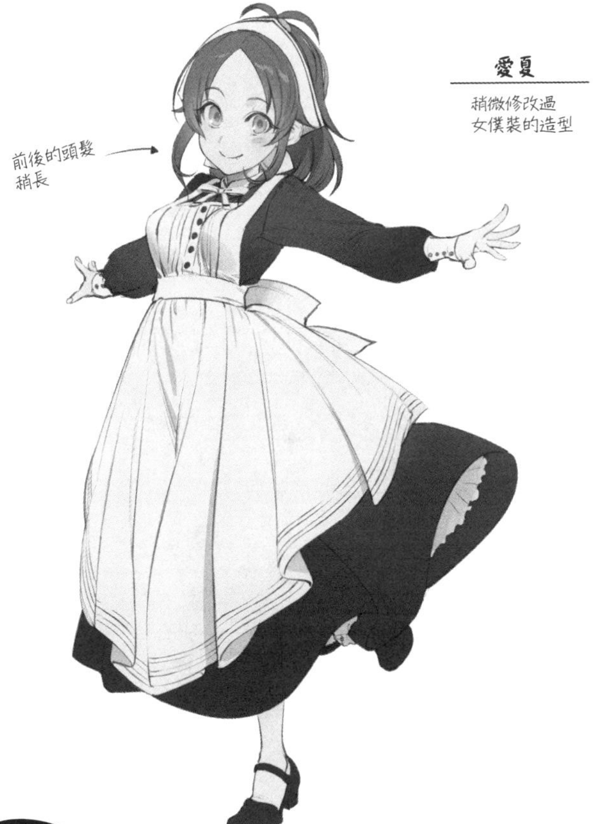
愛夏
稍微修改過
女僕裝的造型
前後的頭髮
稍長

人物設定草案
愛夏

杜加

戰斧

臉

①

②

人物設定草案

杜加

香杜爾

人物設定草案
香杜爾

亞歷

人物設定草案
亞歷

劍神

人物設定草案
加爾・法利昂

人物設定草案
馬爾塔

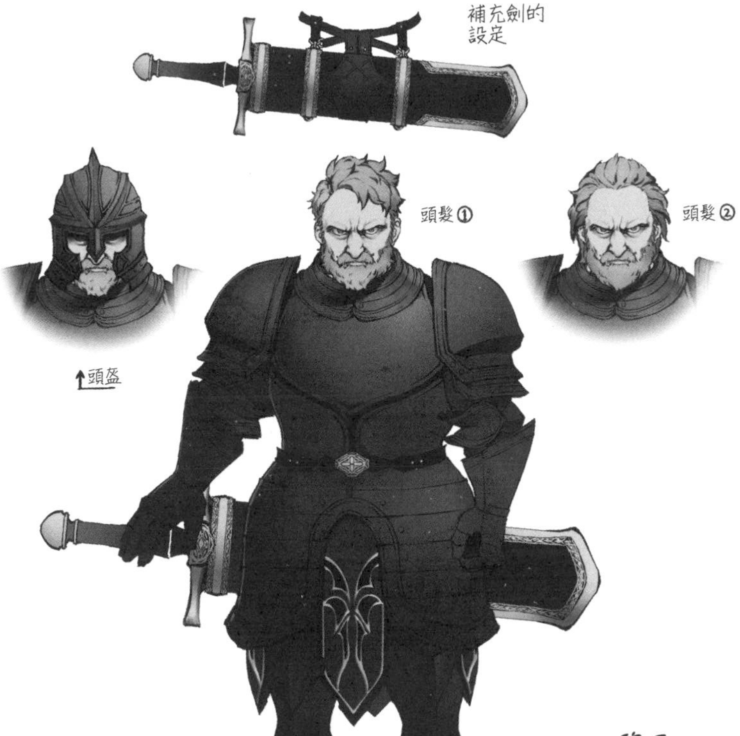

穆亞

人物設定草案
穆亞

爆肝工程師的異世界狂想曲 1~19 待續

Kadokawa Fantastic Novels

作者：愛七ひろ　插畫：shri

佐藤等人與對亞里沙和露露施加「強制」的宮廷魔術師直接對決！

佐藤一行人被宰相直接任命為觀光省副大臣，久違地踏上馬車之旅！一行人溫吞地享受泛舟、於各地與朋友再會，有時順便幫助難民。然而他們在旅途中得到了對亞里沙與露露施加「強制」，讓兩人淪為奴隸的宮廷魔術師的情報……？

各 **NT$220~280/HK$68~93**

義妹生活 1 待續

Kadokawa Fantastic Novels

作者：三河ごーすと　插畫：Hiten

兩人的距離日漸縮短，
慢慢建立起兄妹以上卻與家人有所不同的關係。

經歷雙親感情破裂後再婚，高中生淺村悠太和學年第一美少女綾瀨沙季成了義兄妹，並相約保持不接近也不對立的關係。不知該如何依賴別人，或是怎麼以兄妹身分相處的他們，卻逐漸察覺與對方生活有多麼愜意……

NT$200/HK$67

國家圖書館出版品預行編目資料

無職轉生：到了異世界就拿出真本事 / 理不尽な孫の手作；陳柏伸譯. -- 初版. -- 臺北市：臺灣角川, 2022.03-
冊；　公分. -- (Kadokawa fantastic novels)
譯自：無職転生：異世界行ったら本気だす
ISBN 978-626-321-286-2(第25冊：平裝)

861.57　　　　111000554

Kadokawa
Fantastic
Novels

無職轉生～到了異世界就拿出真本事～ 25
（原著名：無職転生～異世界行ったら本気だす～ 25）

２０２２年３月21日　初版第１刷發行
２０２４年４月２日　初版第５刷發行

作　者：理不尽な孫の手
插　畫：シロタカ
譯　者：陳柏伸

發 行 人：台灣角川股份有限公司
總　監：呂慧君
總 編 輯：朱哲成
設計指導：陳晞叡
印　務：李明修（主任）、張加恩（主任）、張凱棋

發 行 所：台灣角川股份有限公司
地　址：１０４台北市中山區松江路２２３號３樓
電　話：（02）2515-3000
傳　真：（02）2515-0033
網　址：www.kadokawa.com.tw
劃撥帳戶：台灣角川股份有限公司
劃撥帳號：19487412
法律顧問：有澤法律事務所
製　版：巨茂科技印刷有限公司
ＩＳＢＮ：978-626-321-286-2